小学生经典名著阅读课程化系列

列那狐的故事

[法] 玛特·艾·季罗夫人 / 著
秦　阳 / 编译

海峡出版发行集团
THE STRAITS PUBLISHING & DISTRIBUTING GROUP
鹭江出版社

图书在版编目（CIP）数据

列那狐的故事 /（法）玛特·艾·季罗夫人著；秦阳编译. -- 厦门：鹭江出版社，2025. 5. --（小学生经典名著阅读课程化系列）. -- ISBN 978-7-5459-2574-6

Ⅰ. I565.88

中国国家版本馆 CIP 数据核字第 2025U53K37 号

出 版 人 雷 戎
责任编辑 高 晗
美术编辑 林烨婧
装帧设计 子奇设计顾问机构
责任印制 陈志超 张 静
封面绘图 崔美恒

小学生经典名著阅读课程化系列 列那狐的故事
［法］玛特·艾·季罗夫人 / 著 秦 阳 / 编译

出版发行： 鹭江出版社
地 址： 厦门市湖明路22号 **邮政编码：** 361004
印 刷： 三河市嘉科万达彩色印刷有限公司
地 址： 河北省三河市泃阳镇三香路东侧 **电话号码：** 0316-3159777
开 本： 710mm × 980mm 1/16
印 张： 10
字 数： 133千字
版 次： 2025年5月第1版 2025年5月第1次印刷
书 号： ISBN 978-7-5459-2574-6
定 价： 32.80元

如发现印装质量问题，请寄承印厂调换。

名师教你整本书阅读策略

阅读一本书，不仅需要读懂文字内容，还应掌握阅读策略，并将其应用在其他文本的阅读上，从而达到将理论与实践相结合的目的。为了让读者更好地阅读和使用本套书，我们特邀名师指导，为读者提供以下几点阅读策略：

一 学会预测

预测就是指根据现有信息对文章中人物命运发展、情节变化、故事结局等进行合理推测，并在之后的阅读中对自己的预测进行验证。预测没有绝对的对错之分，我们可以在阅读的过程中不断修改自己的预测。在预测时，我们不能毫无根据地想象，应该有一定的依据。

1. 针对书名或篇名预测

无论是一本书的书名还是一篇文章的篇名，常常体现着全文的主旨，所以我们可以根据书名或者篇名来预测全文的主要内容。

2. 联系生活经验预测

有时候，我们还可以根据自己的生活经验来预测后文的发展。这样的预测依据来源于生活，有利于我们将所读内容与生活实际相联系，从而加深对内容的理解。

3. 联系上下文，根据关键句或者文字细节预测

文章中一些关键的语句或细节也会暗示故事的发展，我们读到这些关键的地方时，先弄懂作者暗藏的意思，然后根据暗示的方向对后文进行预测。如读《神笔马良》，当读到开头部分马良说

的"为什么穷孩子不能拿笔，连画画也不能学呢？我就是要学画画！"时，我们可以预测：如果马良真的得到了一支神笔，他应该会十分珍惜，并用这支神笔帮助穷苦的老百姓改变命运。

二 善于提问

提问的过程就是思考的过程，学会对所读内容进行提问，并从中寻找答案，可以提高自己的阅读能力。

提问的角度不是单一的，我们可以从故事情节、写作手法、启示等不同角度来提问。如在读《爱的教育》一书时，我们可以针对写作手法提问：作者用第一人称，从儿童的视角来讲述故事，对作品的呈现有什么好处？

提问可以针对全文，也可以针对部分内容。如读到《爱丽丝漫游奇境》中爱丽丝想安慰老鼠却不愿意说自己不喜欢猫的情节时，我们可以提问：爱丽丝为什么不愿意说自己不喜欢猫？

我们可以将自己在阅读中所提的问题写在一张提问卡上，并在阅读后写下提问卡上的问题的答案，从而锻炼自己提问和思考的能力。

三 学会整合信息

整合信息就是将书中看似散乱无序的信息整理为有逻辑、有条理的系统化信息，这是学生需要锻炼的重要能力之一。整合信息能力的培养有一个从易到难的过程，即从提取单一信息到提取多个信息，然后进行比较、整理，并做出解释。

1. 根据关键词句概括一段话的大意

关键词句往往包含着文章的线索，或者表现着作者的思想情感和文章中心。要概括一段话的大意，我们可以先找到本段的关键词句，通过理解关键词句的意思来概括。如《稻草人》中有这样一段话：

> 稻草人非常尽责任。要是拿牛跟他比，牛比他懒怠多了，有时躺在地上，抬起头看天；要是拿狗跟他比，狗比他顽皮多了，有时到处乱跑，累得主人四外去找寻。他从来不嫌烦，像牛那样躺着看天；也从来不贪玩，像狗那样到处乱跑。他安安静静地看着田地，手里的扇子轻轻摇动，赶走那些飞来的小雀，他们是来吃新结的稻穗的。他不吃饭，也不睡觉，就是坐下歇一歇也不肯，总是直挺挺地站在那里。

这段话比较长，但只要找到关键句“稻草人非常尽责任”，我们就可以知道这段文字主要是说稻草人是非常有责任心的。

2. 关注主要人物和事件，获得故事线索

小学生所阅读的书籍多数是由主人公和事件等要素组成的。找到书里的主要人物，弄清围绕主要人物发生了什么事，通过整理这些内容，可以有方向、有目标地处理自己在阅读过程中获得的信息，摒弃不重要的描写，从而获得一条简洁、有条理的故事线索。

3. 把握文章主要内容，复述情节

在学会把握整本书的内容后，我们可以试着锻炼自己复述情节的能力。复述情节可以分为两个阶段。第一个阶段只需简要复述，将自己看过的书本的内容，经过信息整理后，用自己的语言把大致内容复述出来。第二个阶段要求创造性复述，要求我们结合自己的理解复述内容，可以使用有趣的语言和丰富的表演，或者加入自己的观点，等等。创造性复述情节的形式多样，可以口头叙述，可以改编成剧本并表演，可以组织演讲活动，等等。

4.注意梳理信息，把握内容要点

在阅读过程中，我们可以尝试概括出所读内容的要点、框架和故事梗概，或者写出某一章节的提要和基本内容，这样有助于培养概括能力和表达能力。

5.针对印象深刻的人物和情节展开交流

语文学习的目的是与人沟通和交流。阅读也是如此，阅读所得也可以拿来与别人进行交流，如可以联系生活实际，对书本中印象深刻的人物和情节展开交流。交流形式可以选择座谈会、辩论赛等。

四 找出主旨及重点

语文教育十分重视学生对人文主题的感悟，包括引导学生体会和感受课文中蕴含的情感、道理、精神品质、人生态度、价值观等，这也是学生在学习中应该学会的一种能力，也就是了解文章的主旨和重点。了解一篇文章的主旨和重点要先学会怎样去找出文章的主旨和重点。

1.通过关键词句体会表达的情感

如《灰尘的旅行》中《经济关系》一节有这样的内容：

> 将来战事一旦结束，人类触目伤心，能不怪我的无情吗？在平时，我本有传染病的罪名；在战时，我又加上帮凶的暴行啊！他们要更加痛恨我了。

这段文字说明战争给细菌传播提供了机会，加快了细菌的传播速度，表达了作者对战争的厌恶，体现了一位科学家的人文关怀。

2. 抓住人物语言、动作等细节描写

如《中国神话故事》中《精卫填海》一文有这样一段描写：

精卫飞翔着，悲鸣着，离开大海，又飞回西山上，衔着石子儿和树枝飞往大海。她往返飞翔，从不休息，直到今天，她还在做着这件事。

作者通过描写精卫“离开”“又飞回”“往返飞翔”等动作和细节，有力地赞美了她顽强执着、锲而不舍的精神。

3. 抓住场景和环境描写

如《安徒生童话》中《卖火柴的小女孩》一文的环境描写：

当太阳升起的时候，已经不是那个悲伤的大年夜了，这是新年的第一天，天气暖和起来了。大街上已经有一些人出来走动了。那个卖火柴的小女孩，穿着破破烂烂、光着脚丫的小女孩，此时此刻面带微笑地坐在冰雪还没有融化的墙角。她的微笑已经被冻僵了，大年夜的时候，她在纷纷扬扬的鹅毛大雪中，被冻死在两幢大房子之间的偏僻的墙角。她全身雪白，手上剩下的火柴也是白的。

作者用升起的太阳、新年第一天走动的人们、大房子与冻死的穿得破破烂烂的小女孩作对比，这样的环境描写进一步深化了主题，表现出贫富差距过大是小女孩死亡的重要原因之一。

4. 结合文章特点

如在阅读科普文《灰尘的旅行》时，不仅要注意科普文的文学特质，还要注意它的说明特质，了解其中所蕴含的科学知识。如作者在《土壤革命》一节中讲述了细菌化解死物，为土壤提供

养分。在文章结尾，作者写道：

> 而今近视眼的科学先生和盲目的人类大众，若只因一时的气愤，为了我族群中的那些少数不良分子的蛮动，而诅咒我的灭亡，那真是辜负了我在土壤里的苦心经营。

作者用第一人称的方式讲述关于细菌知识的同时，也告诉我们不要只看到细菌对人类的危害，也要看到它有益的一面，要用客观、科学的态度看待细菌，树立正确的科学观。

以上是我们讲的一些大致的阅读策略和方法，除此之外还有很多阅读方法，但是篇幅有限，不能穷尽。每个人的阅读水平、阅读目的不同，所采用的方法也会不同，这还需要同学们在阅读中逐渐摸索，不断钻研，在实践中运用自己所学到的阅读方法，并学会选择更适合自己的阅读方法，从而更有效率地阅读，提升综合运用的能力。

特别提示

本书讲述的是狐狸列那在面对狮王的强权、雄狼的霸道、雄鸡的弱小无助时，总是能以自己的聪明机警左右逢源的一系列小故事。列那一方面凶残狡猾，欺凌弱小；另一方面巧言善辩，勇于同强权贵族做斗争，甚至战胜强大对手。同时，列那还是一个热爱家庭、疼爱孩子的好父亲。本书可以让读者从生动幽默的故事中看到狐狸列那复杂多样的性格，从而领会生存的意义以及人生的真谛。

本书主要运用象征和寓言手法，影射当时的法国社会，讽刺封建贵族、修道士和官吏，同时赞扬列那的机智幽默，以及其敢于与封建贵族斗争的勇气。对于书中列那用坑、蒙、拐、骗、偷等行径对待其他动物的部分内容，请读者批判地进行阅读，切勿模仿。

目录

第一章　列那的“朋友们”

阅读与思考

列那是一只狡猾的狐狸，他有哪些“朋友”呢？

列那是一只诞生在海面上的狐狸。他生性狡猾，诡计多端，做了许多坏事。

尽管列那生来就有许多亲朋好友，但没有一个能称得上是真正的朋友。

他和雄狼叶森格仑是“好朋友”，列那称他为“舅舅”。但其实他们并没有血缘关系，只是因为叶森格仑是狮王的重臣，所以列那才攀了这么一门八竿子打不着的亲戚。列那也因此得到了狮王的宠信，被封为男爵。

列那表面上亲热地称叶森格仑“舅舅”，其实只是想从他那里得到好处。列那还时常戏弄他，让他吃了不少苦头。

虽然叶森格仑有权有势、勇猛凶狠，但要比阴险狡猾，他还远不如列那。所以，尽管列那总是用种种方式愚弄他，让他上当受骗、吃了很多亏，可他一直蒙在鼓里，丝毫没有察觉，还打心底认为列那既聪明伶俐又很尊重他这个舅舅。叶森格仑对待列那比对亲外甥还要亲，有了好处总想着他。

不仅叶森格仑喜欢列那，就连他的太太海逊德对列那也十分偏爱。每次列那来拜访，她都把家里好吃、好喝的拿出来招待这个外甥。

只有猪獾葛令拜才是列那真正的亲戚。他是一个十分淳朴和热情的亲戚，对列那真心实意，从不要任何心眼儿。当动物们向狮王控诉列那的罪行时，只有葛令拜一直在尽力帮列那辩护，维护列那的声誉。

叶森格仑的弟弟普里摩和狗熊勃仑也是列那的“好朋友”，他们都遭受过列那的戏弄。此外，列那的朋友中，有和他一样狡猾的猴子匡特洛、乌鸦田斯令、松鼠卢索、野猪波桑。甚至狮王诺勃勒、狮后菲燕儿，以及狮王手下的一些大臣，也在列那朋友之列。

花猫蒂贝尔和列那一样天性狡猾、诡计多端。所以，猫和狐狸打交道时都是各怀心机，从来不真诚对待彼此。

公鸡向特格雷很是机警，总是对列那处处提防。当然，还有小狗古杜瓦、蟋蟀罗拜、白颊鸟美尚子等等，也同样了解列那的奸诈，都对狐狸存有戒心。秃鹫莫弗拉却总是被列那的**花言巧语**所迷惑，他也因此吃了不少苦头。不过，莫弗拉到最后还是有办法惩罚列那的。

阅读与写作

使用成语“花言巧语”，生动形象地写出了列那是一个狡猾的家伙，经常喜欢用语言来迷惑别人。

因为列那从不真诚对待别人，他的朋友都是表面的。关键时刻，他从来都只想着自己，渐渐地大家也都知道了他的本性。

列那与妻子、孩子一起住在法国南部的马贝渡城堡里，一家人生活得很幸福。列那的妻子名叫海梅琳，她温柔贤惠，夫妻俩非常恩爱。他们有三个儿子，一个叫贝斯海，一个叫马勒巴朗士，最小的孩子叫罗塞，都尚未成年，三个孩子既顽皮又可爱。

阅读与感悟

列那是一个阴险狡猾的家伙，虽然他的花言巧语能暂时迷惑住一些朋友，但他最后总会露出自己的狐狸尾巴。我们要做诚实的人，同时保持清醒的头脑，不要被花言巧语所迷惑。

第二章　列那装死偷鱼

阅读与思考

列那用装死的计谋来偷鱼，他最后成功偷到鱼了吗？偷鱼的过程中，他会不会被人发现呢？

列那是一个非常嘴馋的家伙，为了满足自己的食欲，他施展过无数的诡计。下面我们就要介绍列那为了获取食物而不择手段的种种行径。他不仅算计亲友，就连动物王国的国王——狮王诺勃勒也被其利用，做出不少损害他们利益的事情。

这是一个寒冷的冬天。冷冷的空气，阴沉沉的天，呼呼的北风，列那的心情就像这令人窒息的天气一样，阴晦而烦躁。家里的食橱都空了，该怎么办呢？

海梅琳坐在靠背椅上，愁眉苦脸地摇着头。“家里什么食物都没有了。”她忽然说，“孩子们快回来了，他们肚子一饿就会吵着要吃东西，我们该怎么办呢？”

列那长叹了一声，说：“我再出去碰碰运气吧。可是，天气不好，我真不晓得哪里能弄到吃的。”列那不想看到妻儿因饥饿而哭泣，就他自己而言，他也不想饿肚子。所以，尽管天气寒冷，他还是硬着头皮出去了。

列那在树林里缓慢地走着，到处都是光秃秃的，冰雪覆盖着地面，没有动物出来活动。他漫无目的地游荡着，东瞧瞧，西望望，既没找到一点儿吃的，也想不出任何寻找食物的办法。列那就这样一直走到一条被篱笆隔开的大路上，他垂头丧气地坐在路边。这时一阵大风刮过，一股诱人的香味随风而至，这香味直送到列那的鼻子里。这下他来了精神，立刻抬起头，扬起鼻子使劲地嗅了几下。“难道真的是鱼？”他想，“这明明是鲜鱼的香味呀！可是，它是从哪里来的呢？”

列那不仅听觉和嗅觉灵敏，视觉也格外敏锐。他跳到路边的篱笆后面，一眼就看见远处驶来一辆大车。毫无疑问，这股诱人的味道就是从这辆车子里散发出来的。

车子越驶越近，鱼的香味也越来越浓。原来，这是去附近城里市场的鱼贩子的车，车上的筐里装满了鲜鱼。

列那实在抗拒不了鲜鱼的美味，恨不得立刻扑上去大吃一顿。忽然，他的脑子里闪现出一个绝妙无比的主意。他跑到大路上，瘫躺在路边，身子绵软无力，舌头耷拉着，双眼紧闭，装成刚咽气的样子。

不一会儿，鱼贩子的车便驶近了。他们远远瞧见路边横卧着个“路障”，急忙跳下车，凑上前一探究竟。这时，列那将“死状”扮得愈发逼真。

“是狐狸，还是山獾？”

“狐——狸——！快捡起来！”

“这张皮可真漂亮。”鱼贩子们正在欣赏列那那身漂亮的皮毛。

“这张皮能值四个法郎。”其中一个鱼贩子说。

“不止四个法郎吧，起码值五个法郎。五个法郎我还不一定愿意卖呢！”

“先别说了，快把这家伙扔到车上吧！到了城里，我们把他卖给皮货商，那样就知道价格啦。今天真是走运，哈哈！”

两个人高兴地把列那扔到了鱼筐边，重新上车继续赶路。

亲爱的读者朋友，你们一定能想象到，我们的列那在车上笑得多么开心！他正巧落在一个好地方，那里有足够他一家人饱餐的丰盛食物。

列那悄无声息地用锋利的牙齿咬开一个鱼筐，开始享用他的美餐。一眨眼的工夫，至少有三十条鲱鱼进了他的肚子。他自己吃饱后，想到妻子和孩子们还饿着，便又用牙齿咬开另一个鱼筐。说来也巧，那竟是一筐鳗鱼！要知道，海梅琳和孩子们可

太喜欢吃鳗鱼了。

列那巧妙地把鳗鱼们穿成一条项链，挂在自己的脖子上，然后轻轻地从车尾溜到了地上。

虽然他下车的动作很轻，但还是发出了一点儿响声，这引起了鱼贩子们的注意。他们发现那只“死狐狸”竟然从车上逃跑了，正感到莫名其妙的时候，列那得意地冲他们露出了雪白的牙齿，大声地向他们喊道：“我的好朋友们，我身上的这张皮可不只值五个法郎，所以我很珍惜它，我还是自己保存着吧。对了，我还给你们留下了一点儿很好的鱼呢，谢谢你们无私地送给我鲱鱼和鳗鱼！”

鱼贩子们这才明白，他们居然让一只狐狸给骗了，还损失了好多鲜鱼。于是，他们立刻停车去追捕列那。可是，尽管他们用尽了全身力气去追赶，列那还是很快地逃走了。

列那心里充满了胜利的喜悦，他戴着鳗鱼项链飞快地跑回家去。海梅琳在马贝渡城堡门口微笑着迎接列那。在她看来，丈夫脖子上的这条鳗鱼项链是世界上最美丽的项链。

贝斯海和马勒巴朗士也非常开心，他们虽然还不会打猎，但是已经学会了做饭。两个孩子生起了炉子，把鳗鱼切成片，再串起来放到铁架子上烤。不一会儿，鳗鱼片被烤成了焦黄色，诱人的鱼香味从厨房里飘了出来。海梅琳和孩子们开始美美地享用这顿鳗鱼大餐。

阅读与感悟

列那利用鱼贩子们贪小便宜的心理，用装死的方法偷到了鱼。我们在生活中不能贪小便宜，否则最后会吃大亏的。

第三章　可怜的短尾巴狼

阅读与思考

叶森格仑竟然变成了一只短尾巴狼！这到底是怎么回事呢？他是不是被列那捉弄了？

叶森格仑就要去露营了，列那假情假意地说要陪着他一块儿去。谁知道列那又要耍什么花招呢？

天黑的时候，他们出发了。列那带着叶森格仑在雪地上走了很远的路。

最后，他们来到一个池塘边。由于天气寒冷，池塘上已经结了厚厚的一层冰。靠近岸边的冰面上有一个洞，可能是人们为了取水凿开的，洞旁还放着一个空桶。看到洞和空桶，列那在脑子里盘算了一下，想出了一个坏主意。

“这还真是个钓鳗鱼的好地方。”列那假装自言自语道。

“你说什么？鳗鱼？”叶森格仑问道。

列那说：“亲爱的舅舅，你不是想吃鳗鱼吗？我有个办法能让你吃到鲜嫩可口的鳗鱼。”

叶森格仑一听说能弄到鳗鱼吃，精神一下子就提起来了。

“快说，用什么办法可以钓到鳗鱼？”叶森格仑急切地问。

列那指了指空桶，自信地说：“就用它。拿一根绳子，把它从洞口丢到池塘里，然后耐心等待，不一会儿就能拉上满满一桶鲜美、肥硕的鳗鱼。”

“这么简单，我要试试看。”叶森格仑不假思索地说。

“可是，糟糕的是咱们没有绳子呀！”

“这简单，我有办法。”叶森格仑自作聪明地说，“列那，请你帮忙把桶系在我的尾巴尖上。我蹲在洞口，桶不就能下去了吗？而且，这样做还能保证我们的鳗鱼不被别人抢走。”

叶森格仑为自己想出如此好的办法而高兴，列那却在一旁暗自偷笑。他假装听话地把桶牢牢系在叶森格仑的尾巴上，还叮嘱对方一定要有耐心，慢慢等待鳗鱼“送上门来”。

叶森格仑蹲在洞口，尾巴系着空桶，一动也不敢动，模样像只孵蛋的老母鸡。在寒冷的夜中，他愈发显得可怜。列那则走到远处的灌木丛，悠闲地躺下，半眯着眼睛，远远地监视着叶森格仑。

夜渐渐深了，天也更冷了，洞里面的水都已结冰。叶森格仑觉

得吊桶越来越重，尾巴都快摇不动了。他以为是钓的鱼越来越多，心里高兴坏了。原来是冰结得越来越厚，把他的尾巴冻住了。可他还傻乎乎地向远处的列那喊道：“鱼装得太多了，我连动都动不了啦，你快来帮我把桶提起来吧！天快亮了，要是有人来就麻烦了，快来帮我呀！”

叶森格仑喊了许久，不见列那从灌木丛现身，又连叫几声。这才传出列那冷冷的笑声，随后飘出一句：“贪心的家伙将一无所得。”

这时，天亮了。猎人们出来打猎，远远地就发现了叶森格仑。

“一只狼，快捉住他，捉住他！”猎人们大声喊道，并驱使着猎狗向雄狼冲过去。大队人马朝着叶森格仑奔了过来。

列那听到人们的喊声，二话不说，立马做出了逃跑的决定，打算溜之大吉。

可怜的叶森格仑却被牢牢地冻在了冰面上，一动也不能动，只能眼睁睁地看猎人们带着猎狗越跑越近。

几只猎狗围着叶森格仑狂吠不止。一名猎人高高地举起剑，狠狠地向叶森格仑刺去。生死关头，猎人脚下一滑，剑刺偏了，正巧割断了冻在冰里的狼尾巴。叶森格仑因祸得福，重获自由。

叶森格仑忍着剧痛，一纵身飞快地往前跑去，最后总算摆脱了猎狗的追击。

从此，叶森格仑就变成了一只短尾巴狼。

叶森格仑不仅把一截尾巴留在了冰里，还伤了皮、掉了不少毛，痛苦不堪。每当想起那截失去的美丽尾巴，他更是心痛难忍。

最后，叶森格仑心里隐约生出疑惑，这愈发加剧了他的痛苦——他怀疑外甥列那在捉弄自己。

阅读与感悟

叶森格仑被列那陷害，差点儿连性命都丢了。叶森格仑既可怜又可恨：可怜的是他被列那捉弄了都不知道，可恨的是他因为太贪吃而被捉弄。我们可不能像叶森格仑那样贪婪。

第四章　叶森格仑打钟

阅读与思考

叶森格仑为什么要学习打钟呢？这是不是又和列那有关呢？

当被害得很惨且险些丢了性命的叶森格仑来找列那算总账时，列那却用一系列堂皇的理由将他说服。

列那辩解道：夜里太冷，加上他对钓鱼毫无兴趣，黎明时分便睡着了；而猎人又来得突然，且人数众多，凭他这点力量，根本无法化险为夷。

叶森格仑听着这番狡辩，竟觉得句句在理，就此原谅了列那。

在遭受了这么多磨难之后，叶森格仑还是无法忘记鳗鱼的美味。那是他吃过的最美味的食物，他是多么想再品尝一次呀！贪吃又驱使他找到列那，提醒对方兑现所许下的诺言。

有一次，列那欺骗叶森格仑说只有剃了头发和露营后，才能参加聚会并吃到鳗鱼。

“我已经剃发和露营啦，早做好了准备。列那，还等待什么呢？”叶森格仑忍不住提醒道。

列那摇了摇头，说：“啊，我亲爱的舅舅，还有一个条件，不知你还能不能接受？”

“还有一个条件？快说吧，是什么条件？”

“打钟。”

“打钟？什么是打钟？”叶森格仑问。

列那一本正经地解释道：“若想参加这个聚会，打钟是必须掌握的技能。我们在钟楼里，有足够的时间来学习打钟。”

叶森格仑不好意思地小声嘟囔：“那么就试试吧！说实话，我连最小的钟都没打过。但愿这并不难。”

列那狡猾地回答道：“当然，这对你来说一点儿都不难。舅舅你那么能干，那么聪明，又那么有力气，我保证你一学就会。”

阅读与写作

使用排比的修辞手法，用“那么……那么……那么……”的句式，将列那利用甜言蜜语欺骗叶森格仑的样子写得惟妙惟肖。

叶森格仑问：“我想知道，学会打钟是不是最后的条件？”

“当然，这你放心吧。”

“好吧，那我们赶快去吧。”

钟楼静悄悄的，没有人注意到列那和叶森格仑溜进去了。

他们到了放置吊钟的地方。几口巨大的吊钟被高高地吊在房顶中央，每口吊钟下面都垂着一根绳子。

列那指着垂到地面的绳子说：“舅舅，你只要拉动这绳子，钟就会响起来。你看是不是很简单？”

叶森格仑用脚拨弄了一下绳子，突然想到了一个自以为很好的主意。

于是，叶森格仑对列那说：“好吧，列那，我有一个好主意——你把绳子捆在我脚上，这样我既能好好练习打钟，绳子也不容易

滑脱。”

“这不是正合我意吗？”列那心里想。

于是，他高兴地说：“亲爱的舅舅，你真是太聪明了，这简直是个绝妙的主意。我把你的两只脚分别缚在绳子上，你轮流拉动，钟就能响个不停。在你打钟的时候，我在外面放哨，不让附近的居民来打扰你。好舅舅，你看我对你多好哇！”

列那迅速将叶森格仑的双脚牢牢绑在钟绳上，叶森格仑随即开始练习打钟。

可事情并没有叶森格仑预想的顺利。尽管他用了全身的气力，大钟还是静悄悄的，没发出一点儿声响。

叶森格仑没有放弃，一遍又一遍地练习。经过不懈努力，终于，一只钟响了，另一只钟也响了——但那声音刺耳极了。

这时，列那探进门里，假装好心地喊道：“快逃，快逃！有人来了，再不跑就被捉住啦！”

说罢，列那一溜烟儿地跑走了。

可是，可怜的叶森格仑哪里逃得了？他的两只脚被牢牢地缚住了，一步也走不了。他绝望了，闭着眼睛等着厄运的到来。

说来也巧，意外再次发生，叶森格仑竟又一次逃脱，列那的诡计终究未能得逞。

也许是叶森格仑打钟时用力过猛，绳子承受的拉力过大，正当他绝望的时候，绳子竟从中间断裂了。叶森格仑重重地摔在地上，摔得头晕眼花。

闻声赶来的人们不知道发生了什么事情，进去一看，被这只从半空中掉下来的狼吓了一跳。稍一迟疑，叶森格仑便得到逃跑的机会。

叶森格仑见人们愣在那里，立刻爬起来，连蹦带跳，拼了命地往外跑。

对于叶森格仑来说，虽然受了一些伤，但可免于一死，也算是极大的幸运了。

这一回，叶森格仑彻底醒悟了：原来是列那把自己害得这般惨，他不仅躲在一旁看笑话，还毫发未损！

叶森格仑一瘸一拐地走在回去的路上。他想起这些天所受的苦难——剃发、断尾的痛苦，打钟时遭受的折磨，这一切都是列那一手造成的。他发誓一定要为自己讨回公道，让列那付出代价。

阅读与感悟

叶森格仑又一次上了列那的当。我们平时要有一定的防范意识，不要轻易相信他人的话。

第五章　列那染布

阅读与思考

列那怎么突然去染布了？这会不会又是他耍的诡计呢？

叶森格仑现在极其厌恶列那，列那的几个朋友也曾向列那透露过叶森格仑的复仇计划。

为了小心起见，列那最近成天躲在家里。他也趁此机会多陪伴自己的孩子们，教他们一些谋生的本领和有用的知识。同时，他还修缮了马贝渡城堡，比如修理房顶，加固城堡。

列那一家人日子过得和和美美，他感到这种生活相当安静和温馨。

但是有一天，列那开始厌倦这种过于平静的日子。他已经吃了很久海梅琳精心制作的食物，感到有些乏味，现在更想吃鲜嫩的母鸡了。

于是，列那打了个哈欠，伸了伸懒腰，对海梅琳说自己要出去一趟。

海梅琳一听，大声说道：“亲爱的，你一定要小心哪！叶森格仑的怒气还没平息，他还在外面等着找你报仇呢。你可千万不要落入他的圈套呀！”

列那发誓绝不会粗心大意。再说，家里也确实有必要补充些食物了。于是，他走出了马贝渡城堡。

叶森格仑始终守在马贝渡城堡附近，一心想要狠狠地教训列那一顿。因此，他时刻关注着列那的动向，伺机抓住这只狡猾的狐狸。

叶森格仑整夜不眠，饮食不佳，脾气变得坏透了。他对列那的仇恨与日俱增，觉得单惩罚列那一次远远不够，根本无法平息自己的怒火。

可是，一天又一天过去了，叶森格仑守得有些厌倦了。他想起自己的家，想起家中的妻子和孩子，他们一定很惦记自己，于是萌生了回家的念头。

就在这时，叶森格仑忽然看见大门被轻轻地推开，列那尖尖的鼻子露了出来。

“嘿，终于等到你了！”叶森格仑兴奋不已，想到自己剃发、断尾的痛苦，打钟时遭受的折磨，以及列那给他带来的所有灾难……终于到了彻底清算的时候！一想到马上就能报仇，叶森格仑激动得浑身发抖。他急忙再次潜伏进树丛，打算等时机一到，就跳出来动手。

然而，列那早就知晓了叶森格仑的复仇计划。他明白，如果径直向前走，肯定会进入叶森格仑的袭击范围。

于是，列那关上门后，便小心翼翼地紧贴着墙壁，绕着马贝渡城堡兜了一个圈子。

这下叶森格仑有些沉不住气了。本来他可以继续潜伏，伺机跳出来，那样就能出其不意地抓住列那。可现在他担心错失这次机会，只好从潜伏的地方钻出来，追向列那。

列那竖起耳朵，听到附近那细微的声响，马上明白是叶森格仑追来了。于是，一场追逐开始了。

列那跑得很快。经过这么久的休养，他不仅吃得好，睡得也不错，如今又呼吸到大自然的新鲜空气，头脑格外清醒。

而叶森格仑呢，他一直在马贝渡城堡的外面守着，早已疲惫不堪，再加上这段时间吃不好、睡不好，因此他已不像平时那般勇猛了。可是，满肚子的怨气和复仇的决心弥补了他的不足，他在列那后面穷追不舍。

阅读与写作

使用了对比的修辞手法，把列那和叶森格仑的状态进行对比，从而体现出叶森格仑对列那的怨气很深，迫切地想找列那报仇。

列那不时改变奔跑路线，故意让自己的行踪捉摸不定。

你以为他在这儿，他却出现在那儿。

刚刚他还在大路上飞奔，转眼间又失去踪影，仿佛钻进了一个地洞里。

叶森格仑又急又躁，不知道自己该转向右边，还是追往左边。

不过，叶森格仑很快找到了列那的足迹，于是又紧追不舍。

列那渐渐感到体力不支，心想这下子可能要完蛋了。就在这时，列那看到了一栋房子。于是，他朝着那栋房子奔去。

房子门前摆放着许多装满染料的大木桶。列那纵身一跃，本打算越过木桶冲进室内，然而一路的狂奔已经让他精疲力竭。他跳得不够远，正好不偏不倚地跌进一个装满染料的木桶里。

染料令他呼吸困难，又是打喷嚏，又是咳嗽，这些声响惊动了染布工人。

“谁在里面？出了什么事呀？”染布工人赶紧过来瞧。

列那一点儿也不惊慌，他镇定自若地说："我是你的同行，或许我干染布这一行的时间，比你还长呢！"

他仔细观察着染布工人的神色，继续说道："我路过这里，看到你在配制染料，就不由自主想来看看。我太热爱这一行了，一时没忍住，没经过你的同意就私自把染料配好了。刚才我正用身体搅拌溶液呢。来，先拉我一把，让我出来，好离远一些仔细看看效果。"列那伸出爪子。

染布工人从未听说过用身体搅拌染料的方法，虽然有点儿半信半疑，可还是伸手拉了列那一把。

"谢谢。"列那说，"剩下的活儿就得你自己干啦。配方我以后会送来的。往后我一定得克制自己，再也不能因为热爱这一行就情不自禁想仔细瞧瞧了。"

与染布工人告别以后，列那向林子跑去，转眼间就无影无踪了。

经过这场虚惊，列那早已把叶森格仑还在追逐自己的事忘了。

在篱笆转角的地方，狼和狐狸相遇了。列那还来不及躲避，就看到叶森格仑惊恐万状，眼睛瞪得非常大，全身的毛也根根竖起。

叶森格仑强装镇定，但仍然有点儿哆哆嗦嗦地说道："请问，大人，你从哪里来？我从没见过这样的皮毛。"

列那马上明白是木桶里的染料使自己变了样子。

"不用惊慌，"列那露出一副和蔼可亲的表情，压低嗓门道，"我是你的同胞兄弟呀，来自遥远的英国。"

"我的同胞兄弟？我从来不知道我还有拥有这种颜色皮毛的兄弟……"

"我是真正的布列塔尼狼。你可太孤陋寡闻啦！不过没关系，我这次来，就是专程问候这片森林里的同胞们。"

“真的吗？你真是我的兄弟吗？”叶森格仑心中仍存一丝惧怕。他小心翼翼地上前，细细打量着列那，还用鼻子嗅了嗅。

叶森格仑并没有嗅出什么异样。于是，他放下心来。

“那么，我该怎么称呼你呢？”叶森格仑问道。

叶森格仑当然无法凭气味认出眼前的这只动物是列那了，因为那些染料的气味浓重，早就把狐狸的气味掩盖住了。

“我叫特朗塞拉尔，住在一片猎物丰富的大森林里。”列那回答。

“多么尊贵的名字呀！”叶森格仑说，“我叫叶森格仑。”

“啊！多么威武的名字，简直和你太相配啦！话不多说，叶森格仑兄弟，让我们拥抱一下。”

于是，狼和狐狸热情地互相拥抱，就像亲兄弟一样。

突然，列那停住了，显出十分吃惊的样子。

“我的好兄弟，”列那低着头，悲怆地说，“我感到非常伤心，因为我不经意间看到了你的尾巴……”

叶森格仑赶忙把尾巴藏起来。刚遇到同胞，就被瞧见自己断了半截的尾巴，他感到十分难过：“你都看到了？”

“是呀！这么明显，一半都没有了，想不看见都难。”列那毫不留情地说道，“这是怎么弄的？”

“唉！再次回忆起这件事，我痛心不已。既然你想要知道，那我就告诉你吧，我的尾巴是在一场激烈的争斗中失去的。”叶森格仑流着眼泪说道，“都是那只卑鄙无耻的狐狸搞的鬼！”

“哪只狐狸？他是什么来头，叫什么名字，怎么把你弄得如此悲惨？”列那继续追问道。

“他叫列那，住在马贝渡，离我家不远。他是个十分狡猾的家伙，脑子里全是坏主意。”叶森格仑接着补充道，“你来的路上，有没有碰到一个有着红色毛皮的家伙？那就是列那。”

“我没有见到过这样的家伙。”列那十分肯定地说道。

“又让他逃了，”叶森格仑咬牙切齿地说，“真是可恶！我蹲守了那么久，还是让他逃掉了！”

为了转移叶森格仑一心报仇的念头，列那先表达了同情，接着说道：“我这次来，把演奏用的琴弄丢了。现在没了吃饭的家伙，往后可怎么活呀？”

“特朗塞拉尔，原来你是如此有才华，”叶森格仑道，“我可以帮助你。你跟我来，我带你去一户人家，他家里有一把琴。每逢节日的夜晚，我总能听见他们用那把琴演奏。琴声十分优美动听，我敢说那准是一把好琴。”

不久，他们来到了一栋屋子前。透过开着的窗户，他们看见一架琴就挂在离烟囱不远的地方。

叶森格仑说：“看到了吗？去拿吧。”

“我可没有那个胆量。”列那说。

叶森格仑不屑地瞟了他一眼，说：“胆小鬼。你想叫我替你去拿吗？”

列那表现出十分高兴的样子，大声说：“那太好啦，那太好啦！”

叶森格仑对这位同胞并没有厌烦的情绪，他也想在这位“外国”同胞面前显示一下自己的勇敢、敏捷和热心。

于是，叶森格仑纵身一跃，跳进房子里。但他这一跃惊醒了藏在床下睡觉的大狗，那是一只凶狠的大狗。狗扑向了措手不及的狼，一场恶斗瞬间展开。房子主人听到了声响，立即拿来棍棒援助自家的狗。

经历一场恶战后，叶森格仑从屋里逃了出来，那位远方来的同胞却早已没了踪影。自那以后，他再也没见过这位同胞。

这一次的遭遇，叶森格仑虽不能归罪于列那，可旧伤未愈又添新伤，他懊恼不已，报仇的决心也更加坚定。

阅读与感悟

可怜的叶森格仑一次又一次地上了列那的当，对此我们深表同情。这也告诉我们不能轻易相信别人，不管别人说什么、做什么，我们都要保持头脑清醒，做出自己的判断。

第六章　列那与白颊鸟

阅读与思考

列那出门时遇见一位老朋友——美尚子夫人，便哄骗她充当自己的早餐。美尚子夫人会中计吗？

最近，列那胆子越来越大了，他觉得自己变得更聪明了，要不然怎么连勇猛、强大的叶森格仑都被他骗了呢？他也因此变得越来越得意。

这一天，列那早早地就起床了。外面阳光普照，天气晴朗，本是个出去散心的好时候，可列那却没有这个雅兴。现在对他来说，没有比能吃到新鲜的美味更好的事了。

离开马贝渡城堡后，他漫无目的地在田野里走着。忽然，他发现一棵粗壮的柏树梢头立着一只白颊鸟，那是美尚子夫人。

树干上有个比较大的洞，列那

> **语文与生物**
>
> 白颊鸟即白颊椋鸟，是一种体形中等、脸颊苍白的灰椋鸟。成鸟有污白色的脸颊，上体深灰色，略带浅绿色光泽；下体淡紫色或灰色，带有白色细条纹。鸟喙青棕色，下颌基部蓝色。

猜想那肯定是白颊鸟的窝，说不定里面还有鸟蛋呢！哈哈，保不准今天会有意想不到的收获呢！

列那马上打起了白颊鸟的主意，心想，要是能捉住她，自己的早餐可就解决了。

很快，列那就想好了对付白颊鸟的办法。他很热情地对树上的白颊鸟说：“早上好哇，美尚子夫人。见到你我非常高兴，好长时间没见你了，请下来和我拥抱一下吧！”

白颊鸟才没那么容易上当，她毫不客气地说：“列那，我太了解你的品性了。你捉弄过许多朋友，我是不会相信你的。你在我们心中可早就没有好形象了，你到处捉弄、欺骗他人，没有谁会愿意相信你。”

列那听见白颊鸟这样评价他，非常生气。但是，为了获得这顿美味的早餐，他还是耐着性子对白颊鸟说：“亲爱的美尚子夫人，你忘了，我们还是亲戚嘞！我是你儿子的干爹。我很珍惜这段亲戚关系，就凭这点，我们之间也应该好好相处。再说，最近我们动物王国的狮王诺勃勒已经发布命令，要求无论是兽类还是鸟类，都要和平共处，不要有战争，也不要有欺凌，大家要和睦、友好，共同维护我们的动物王国。我们都应听从狮王的命令，好好相处，你一点儿都不用害怕我的。”

列那说得确实很好听，可美尚子还是不为所动地说：“列那，你说得再动听也没用，我是不会下去和你拥抱的，请你去和别人拥抱吧！”

列那假装真诚地继续说道：“美尚子夫人，你太多疑了，我要怎么做才能让你相信我呢？这样吧，为了打消你的顾虑和担心，我就闭着眼睛和你拥抱吧！这样，你总该放心了吧？”

这时美尚子有点儿动摇，她快被列那伪装的真诚打动了，觉得

再不答应就说不过去了。她说：“既然这样，那我就下来跟你拥抱一下吧。”尽管如此，美尚子对列那还是有点儿不放心，向他飞去的时候，嘴上叼了一大把青苔和树叶。

列那闭着眼睛等着美尚子来拥抱自己。美尚子从树上飞下来，嘴里叼着的青苔和树叶先碰到了列那的嘴。列那以为美尚子就在面前了，急不可耐地张开大嘴，狠狠地向青苔和树叶咬去。美尚子一见列那扑过来，迅速飞到了远处。

列那冷不防吃了一口青苔和树叶，难受得“哇哇”直吐。

美尚子却站在远处暗暗地笑着。她对列那说：“列那，我算看透你了。事实证明，你刚才说的都是假话，我就知道你不怀好意。”

列那知道自己刚才有点儿急躁，暴露了真正的目的。但他仍然假装镇定地说：“亲爱的美尚子夫人，你没发现吗？我刚才是跟你开个玩笑，你不会不理解吧？好了，让我们重新来一次，这次可是正式的见面仪式了。”

美尚子一反刚才的态度，也非常大方地说：“那就请你再次闭上眼睛吧！”

她再次朝着列那飞了过来。美尚子仍然不信任列那，她从列那身后悄然绕到侧面，伸出翅膀，轻轻碰了碰列那的鼻子。

列那察觉到美尚子飞近，以为她会从正面过来，便猛地一扑，狠狠地向前咬去。聪明的美尚子早有准备，她一闪身躲过列那，重新飞回树上，列那再次扑了个空。

阅读与写作

使用动作描写，表现出美尚子的轻盈与灵活，简洁生动。

美尚子站在树枝上得意地说：“列那，看你还有什么话可说！我刚才要是不小心，早就成为你口中的食物了。我再也不会相信你了。”

列那没有想到美尚子这么难骗，强忍着心中的怒火说：“亲爱的夫人，难道你没看出来？正因为你刚才怀疑我，我才想小惩罚你一下呀！我并非你想象的那样，何况我是你儿子的干爹，我能害你吗？你听，这是不是我干儿子在树洞里的欢叫声？可惜我不能上去看他。这样吧，为了证明我们之间的亲密关系，请再下来一次和我

拥抱吧！”

可不管列那怎么说，美尚子还是一动不动地站在树上，再也不下来了。她对列那太了解了，早已把他看透。所以，列那的口才再好，她也不会上当了。

正当列那想再次讨好美尚子时，突然从远处传来了“狐狸，狐狸，快抓狐狸”的喊叫声。原来，一群猎人带着猎狗正向列那奔来。列那眼看情况危急，不敢耽搁，赶忙逃走。

美尚子故意逗列那说：“列那，别跑哇！我想好了，我下去和你拥抱吧！你怎么跑了呢？你不是说狮王颁布了和平法令吗？你不用害怕那些猎狗哇！”

列那一边匆忙逃跑，一边回头对她说：“谢谢你，美尚子夫人。他们可能还不知道和平法令，那是狮王刚刚颁布的。”

“列那，别走！我还没和你拥抱呢！”

“下次吧！我下次再和你拥抱吧！”

列那拼命地跑了好大一会儿，以为自己安全了，正想停下来喘口气，不料迎面又来了一位农夫。农夫手中还牵着两只凶猛的猎狗。

这样，列那就处于前后夹击之中。

列那此时焦急万分，慌张和恐惧袭上了心头。他很清楚，如果让他们抓住自己，后果将不堪设想。如今，只有想办法骗过身边的农夫，才有可能逃过一劫。这是目前唯一可行的办法。

因此，他镇定下来，很诚恳地对面前的农夫说：“亲爱的先生，请不要为难我。一看您就是个非常友好的朋友，相信您不会伤害任何人。我正在和后面的猎狗们比赛，看谁跑得快。您也看出来了，我马上就要获得这次比赛的胜利了。他们不甘心，想方设法阻止我、拖住我，不想让我获胜。如果您也阻止我往前跑，那将会破坏这场比赛的公正。请您仔细想一想，我相信您是一名善良、公正的绅士。”

农夫一听这话，赶紧说：“原来是这样啊！那你就赶快过去吧，我相信你会取得比赛的胜利。”

正直、善良的农夫相信了狐狸的花言巧语，让出了一条路。列那轻松地闯过了这一关。

列那逃入了杂草丛中，猎人们已无法找到他的踪迹，至此，列那终于摆脱了危险。

阅读与感悟

列那想假传国王的命令来哄骗白颊鸟，没想到白颊鸟比他更精明，识破了他的诡计。他还差点儿被猎人和猎狗追上。列那这种骗人的行为是不可取的，诚实守信是中华民族的传统美德，我们在日常生活中要做个诚实的人。

扫码学习

- AI故事小精灵
- 文化奇妙屋
- 阅读百宝箱
- 灵感魔法屋

第七章　香肠之争

阅读与思考

狡猾的列那和自己的“朋友”蒂贝尔展开了“香肠之争”，那么他能抢到香肠吗？

冬天终于过去了，小花开了，鸟儿在树枝上叽叽喳喳叫个不停。

这天早上，小狗古杜瓦的主人拿来了一根美味的香肠，让古杜瓦闻了闻，并告诉他这是午餐。古杜瓦高兴极了，摇着尾巴，发出喜悦的叫声。可是主人说现在还早，等一会儿再给他吃，然后把香肠放到高高的窗台上，古杜瓦根本够不着。任凭古杜瓦怎么摇尾巴，主人依旧不为所动。古杜瓦只能叹息一声，趴在地上，郁郁寡欢。

狐狸列那已经很久没有吃到东西了。他满脸忧愁，肚子饿得“咕咕”叫。他在林子里走着走着，突然闻到了一股浓郁的香味。循着香味，他来到一座庄园前。

“真香啊！”列那闻着香味走近住宅。他在树下遇到了躺着睡觉的花猫蒂贝尔。

“这么好闻的香气是从你家里飘出来的吗，蒂贝尔？”

蒂贝尔懒洋洋地睁开眼睛，答道：“没错，这一定是主人给我准备的午餐。如果你想看看主人给我准备的丰盛的午餐，那就跟我来吧。”

“非常荣幸，蒂贝尔。”

花猫蒂贝尔慢条斯理地走在前面，列那跟在后面，一心盘算着怎样把花猫的午餐抢到手。

他们来到窗台附近，远远地看到古杜瓦正垂头丧气地趴在地上。

“怎么了，古杜瓦？”花猫上前打招呼道。

“别提啦，”小狗古杜瓦说，“主人留给我一大根香肠。可是他现在不让我吃，要留到午餐的时候才给。但我现在就想吃呀！你瞧，主人把它放到了我够不着的地方，我只能趴在这里，守着香肠，闻着香味，等待开饭。这对我来说，是多么煎熬哇！”

蒂贝尔回到列那的身边，将此事告知了列那。

“这真是一条傲慢的狗！”列那道，“他一点儿不把你放在眼里，居然口口声声说这是他的午餐。蒂贝尔，不如我们教训一下这个不知天高地厚的家伙，顺便把香肠弄到手，一起分了吧。”

阅读与写作

列那的话其实是在故意挑拨蒂贝尔和古杜瓦的关系，这样好让蒂贝尔帮自己拿到香肠。此处的语言描写表现了列那的狡猾、诡计多端。

列那让蒂贝尔跳上窗台，把香肠扔给自己。他表示自己负责叼着香肠跑到远处的大树下等着蒂贝尔，随后一同平分。

事情进展得十分顺利。小狗古杜瓦眼睁睁地看着香肠被抢，急得汪汪直叫。他也只能如此，毕竟铁链还拴在他的脖子上呢！

蒂贝尔看见列那跑得没了踪影，知道自己上了狐狸的当，于是转过身来对古杜瓦说：“别着急，古杜瓦，我去帮你把香肠追回来。”

花猫蒂贝尔对这一带熟悉得很，抄了一条近路就赶上了列那。

列那跑哇，跑哇，跑出去老远老远。当他自以为甩掉花猫能独吞香肠时，不经意间瞥见了身后的蒂贝尔。

“蒂贝尔，你跑得可不快呀，我都等你半天了。”

蒂贝尔说：“我亲爱的列那，你怎么能这么拿香肠呢？你叼着中间，香肠沾上了你的口水，而两端又垂在地上沾上了泥土，这多不卫生啊。把香肠给我，我给你做个示范！”

列那觉得那香肠不仅长，还很重，蒂贝尔带着它肯定跑不快，既然跑不快，那么一切都将在自己的掌握之中。于是，他便把香肠放到了草地上。

蒂贝尔竭力掩饰住内心的狂喜。他用牙齿衔住香肠的一头，甩了两下，将其甩到了背上。“你看，这样香肠既不会沾到泥土，也不会沾到口水。我先拿一会儿，待会儿换你。”

他们并排走着，继续前进。

“我们去山顶上，你看，那里有一棵高高的树，”花猫蒂贝尔说，“那里绝对是个享受美食的好地方，既能眼观六路、耳听八方，也不用担心香肠被抢。”不等列那回答，花猫就率先跑了起来，跑得又快又急。列那不得已，只能跟在后面追。

“嘿，伙计，慢点儿啊。”

蒂贝尔有着一身攀爬的本领，他一到山顶就将香肠衔在嘴里，奔向那棵树，几个蹿跳，就爬上了树枝。

列那紧随其后，来到树下。

“嘿，伙计，你去上面做什么？”列那说，“快下来，蒂贝尔，让我们分香肠吧。”

“还是你上来吧，我们一起吃香肠。”蒂贝尔说道。

“真的要这样做吗？”列那虽然很生气，但他竭力表现出平静，

“既然这样，那么请拉我一把吧。”

“怎么，你难道不会爬树吗？”蒂贝尔并不理会列那的要求。

“我当然会爬树，那可是我的强项之一。不过我觉得在下面吃比较好，上面地方太小，容不下咱俩。”

“你到底上不上来？不上来我就自己吃了！”蒂贝尔有点儿不耐烦。

列那心急如焚，却仍努力装出平静的样子，说道：“既然你喜欢在高处吃，我喜欢在草地上吃，那么你留下属于你的那一半，把我的那一半扔下来吧。你也知道，它现在是我们共同的午餐，一定要平分之后才能吃。”

“不错，我同意你的说法，”蒂贝尔说，“既然香肠成了我们共同的午餐，那你上来我们一起吃就好了。”

“你也知道，这棵树上站不下我们两个。”列那非常恼火，可他不得不显示出一副讲道理的神情，“难道你忘记了我们的约定吗？我们约定好平分香肠的。你要是不给我，你就不是一个好伙伴！”

蒂贝尔带着轻蔑的神情说：“我不是个好伙伴，列那，听到要把这样美味的香肠随便乱扔，我简直不敢相信自己的耳朵了！我是不会做出这样的事情的。我建议你这次就别吃了。下次要是再有香肠，我全都让给你，保证连一点儿残渣都不沾。”

“你至少掉几颗香肠屑下来吧！”

“你还是等着下一根香肠吧！”不等列那说话，蒂贝尔就吃起香肠来了。他先从两头吃起，中间最好的那一段他要留到最后再吃。看到此情此景，列那心里像针扎一样，连眼睛都湿润了。

“我很高兴你能为自己过去犯下的错误而哭泣，”蒂贝尔说，“这是你真心悔过的证明。我相信被你捉弄过的伙伴们会宽恕你的，因为你已经做了深刻的忏悔。”

“少说风凉话。”列那说，“蒂贝尔，你总会下来的——渴了总得找水喝吧？到时候我会让你付出代价的。”

“不会出现那种情况的。树上有个洞，里面盛满了雨水，这足够我喝一阵子的。”

“但你早晚都会下来的。”

“短时间内不会的。”

“那么，一个月后，一年后，你总会下来的。”

“我亲爱的列那，难道你会一直待在下面？”

“我会的！哪怕是等上七年。我发誓。”

“我亲爱的列那，一想到你即将七年不吃不喝地待在下面，我的眼睛里就盈满了同情的泪水。不过，既然你已经发过誓了，那么，你可不能再离开这儿了。”

花猫蒂贝尔开始小口小口地品尝起香肠来，列那伤心极了。然而，列那并没有伤心多久，因为远处传来了猎狗的吠叫声。

“蒂贝尔，什么声音？”列那显得有些紧张，他竖起了耳朵。

“谁知道呢，准是一支游行队伍在唱歌。多么美妙哇！”花猫蒂贝尔看到狐狸准备逃跑，戏谑地说，“哎，列那，你干什么去？你刚刚才发过誓的，你要在下面待七年，难道你忘记了吗？列那，你可不能说谎。”

列那心里恨恨的，头也不回，慌忙跑走了。等猎狗赶到时，他已经跑得无影无踪了。列那发誓，一定要让蒂贝尔为此付出代价。

阅读与感悟

狡猾的列那一直都在捉弄和算计别人，没想到有一天他也会被同样精明的蒂贝尔算计。我们在与人相处时要真心相待——只有付出真心，才能收获真心。

第八章　蒂贝尔和列那偷鸡

阅读与思考

还真是狭路相逢，蒂贝尔和列那这对冤家又一次遇上了。上次争夺香肠的时候列那吃了亏，这次他俩竟决定一起合伙偷鸡，他们会成功吗？

春天到了，田野里一眼望去都是绿色的，山坡上开着粉红的桃花、洁白的梨花，非常美丽。

这一天，天气很好。列那无事可做，便走出了家门。

列那正在路上走着，忽然看见花猫蒂贝尔迎面走来。自从上次争夺香肠之后，列那已经好久没有见到花猫蒂贝尔了。虽说他俩因为争夺香肠产生了一些争执，但一段时间过去，列那就淡忘了这件事。

“你好，我亲爱的朋友！”他热情地向蒂贝尔打招呼，“你跑得这么快，是要到哪里去呀？”

“你好哇，我亲爱的伙伴！我要到附近的一户农家去。”蒂贝尔似乎也不想翻旧账，坦诚地说出自己的想法，“听说女主人把一大罐奶油放在面包箱里。为了吃到色香味俱佳的奶油，我决定冒险去尝试一下。她家的鸡棚里似乎也有不少家禽，你有兴趣去吗？”

“非常乐意，没准儿我还能帮助你呢！”列那马上回答道。他想到一顿午餐马上就要到手，心里特别高兴，又说道：“我们快走吧！”

花猫在前，狐狸紧随其后，一阵小跑后，很快便来到了这户农家。这座住宅共有四间正屋，烟囱里正冒着烟，主人家正在准备午餐。房屋四周围着高高的木栅栏，栅栏外种着低矮的灌木丛，看起来没有办法进去。

蒂贝尔和列那围着栅栏转了一圈，终于在栅栏的西北角发现一处破损，便顺利地从那儿钻了进去。

刚进院子，列那就一个劲儿地要往鸡棚跑。

蒂贝尔说：“老兄，你动动脑子好不好！我们不能从那里下手，因为母鸡们看到危险就会大叫，那样会惊动主人。到时候我们的计划就泡汤了。还是先搞奶油罐比较稳妥。走吧！”

列那想了想，觉得蒂贝尔说得很有道理，便跟着他一起。蒂贝尔蹑手蹑脚地走近屋子，确定餐厅里空无一人后，他俩便悄悄地溜了进去。

“看见了吗？”蒂贝尔指着一个箱子说，“这个就是农妇藏奶油罐的面包箱。箱盖太沉了，列那，请你帮忙打开，撑着箱盖，先让我吃，再轮到你吃。吃完后，我帮你去捉家禽，好吗？”列那一心想着那些肥嫩的老母鸡，希望蒂贝尔快点儿搞定这罐奶油，就同意了。

这罐奶油**香喷喷**的。列那见蒂贝尔吃得津津有味，自己也忍不住想尝一尝。

阅读与写作

使用形容词，“香喷喷”写出了奶油的味道十分诱人，为下文蒂贝尔吃得津津有味，列那也非常想吃作铺垫。

“行了，蒂贝尔，该轮到我了，”列那不耐烦地说，“快点儿吧，这个箱盖重得很，我快撑不住了。”

蒂贝尔吃得鼻子都埋到奶油里了，哪还有时间搭理列那。

“你再等会儿。”蒂贝尔不耐烦地说。

“不能再等了，一秒钟也不行，你快出来呀！”列那大声喊叫起来。

蒂贝尔朝着列那嚷道：“你急什么！”随即不再吃奶油，“砰”的一声把奶油罐打翻在箱子里。

“你真过分！”列那心疼地惊叫，“现在叫我吃什么？我早该放下盖子，把你关在里面！”

此时，蒂贝尔轻轻一跃，正要跳出箱子。

说时迟那时快，列那的动作更快——蒂贝尔还没完全跃出箱子，箱盖已“砰”的一声落下，夹住了他的尾巴。

蒂贝尔顿时发出一声惨叫，疼得跌坐在地上。他使劲往外拽尾巴，结果尾巴被夹断了一截。

“你这个狠毒的狐狸！”蒂贝尔嚷道，“你把我搞成什么样子了！我的漂亮尾巴就这样毁了！”

“这怎么能怪我呢？”列那厚着脸皮说，“是你跳得太猛才闯下这场祸的。”

“我可怜的漂亮尾巴就这么没啦！”花猫呻吟着，“我变得这么难看了。喵呜，喵呜……”

“蒂贝尔，你别难过了，”列那说，“这样对你反倒好！你显得更年轻、更活泼了。要是我知道没有尾巴后这么好看，我也想让人把我的尾巴割掉呢！”列那说得好像蒂贝尔还因此得到了什么好处似的。

“是你故意放下箱盖砸断了我的尾巴！”蒂贝尔怒吼道。

“蒂贝尔，你可以跑一跑，看看是不是更轻巧了？以后谁都追不上你啦。”

“我本来就很轻巧，跑得很快。”蒂贝尔说，“你真是个糟糕透顶的伙伴。”

“别这么想。”列那说，“蒂贝尔，你也哭够了。走吧，我们现在去鸡棚，把刚才的一切都忘了吧！”

他俩从餐厅里慢慢地走了出来，向鸡棚方向去了。

“我建议你先捉那只公鸡，”蒂贝尔对列那说，“因为我看那只公鸡比那些围着他转的老母鸡更年轻、更肥美。另外，他喊‘救命’喊得最响，所以应该先捉他。”

蒂贝尔的确聪明，他这个建议很有道理。但是，花猫说话的声音太响亮，把那只头正埋在翅膀里打盹儿的公鸡吵醒了。

公鸡立刻伸直脖子，“喔喔喔”地大叫起来。

这一叫，惊动了住宅里所有人——男人、女人和孩子们跟在看家狗后面蜂拥而来。

“必须赶快逃跑！”蒂贝尔立刻做出决断。他迅速找到木栅栏的缺口，刹那间便消失得无影无踪了。

此时，列那正遭受一群看家狗的围攻。蒂贝尔觉得，这好歹为他受伤的尾巴出了口气。

眼看着被左围右攻却无法逃脱，列那抓住机会，突然使劲咬了一口那只领头狗的鼻子。领头狗立刻惨叫起来，其余的看家狗被这惨叫声吓呆了，动作迟疑了一秒钟。

就在这一秒钟里，列那获得了逃跑的机会。

列那一路狂奔，伤痕累累地回到家里。他一边包扎伤口一边想：蒂贝尔虽然被砸断了半截尾巴，却美美地享受了一顿奶油；而自己不仅什么都没捞到，还挨了一顿揍。为什么每次和蒂贝尔合作，运气都这么差？难道自己真的没有蒂贝尔聪明？

阅读与感悟

从列那与蒂贝尔的两次交锋来看，他俩的狡猾程度不相上下。上次抢夺香肠时，蒂贝尔占了便宜，把香肠独吞了。这次一起偷鸡，蒂贝尔虽然吃到了奶油，但也丢了一截尾巴；列那更倒霉，不仅没偷到鸡，还遭到看家狗的围捕。我们平时与人相处要相互帮助，任何时候都不能只考虑自己，否则当我们遇到危险时就没人帮忙了。

扫码学习

- AI故事小精灵
- 文化奇妙屋
- 阅读百宝箱
- 灵感魔法屋

第九章 列那遇险

阅读与思考

一向聪明的列那也会遇到危险吗？这一次，他要如何脱离险境呢？

夏天的果园里充满了诱惑，桃子熟了，李子熟了，接着樱桃也熟了。

小麻雀特路恩一家就住在果园后面。前几天，特路恩去果园为孩子们采果子。她飞来飞去，专拣又大又红的樱桃采。

列那也趁着天气好出来寻找食物。他本想寻一只山鸡，那样便能饱餐一顿了。

他一听到麻雀的声音就停下了脚步，列那亲切地和特路恩打招呼。特路恩不了解他的本性，也亲切地回应并和列那聊天，还啄了好多樱桃给他吃。

吃了一会儿，列那厌倦了乏味的樱桃，在心里打起了坏主意。

“我吃饱了，亲爱的特路恩，谢谢你！我能为你做些什么吗？”

特路恩想起自己生病的孩子，看着孩子痛苦的样子，她很心疼。但她不知道医生住在哪儿，想请列那帮忙找个医生。

列那一听，感觉机会来了。他欺骗特路恩说自己就是医生，可以治好她孩子的病。

特路恩相信了列那，把生病的孩子交给他治疗。列那却恩将仇报，假装要单独治疗，最后把她的孩子吃掉了。

特路恩找不到自己的孩子，便去询问列那。列那拍了拍肚皮说："在这里呢！你也下来吧，我也可以治好你所有的病。"

特路恩非常愤怒，想要找列那复仇。她向朋友们控诉列那，请他们帮忙，但是朋友们只是嘲笑她愚笨，没人肯帮她。特路恩在回家的路上伤心地哭泣起来。

"特路恩，你飞下来，看看我呀。"毛尔荷看到特路恩从这里经过，有气无力地喊道。

特路恩认出喊她的是警犬毛尔荷。"啊，亲爱的毛尔荷，你怎么了？好像身体不太舒服？"

毛尔荷是动物王国赫赫有名的警犬。他年轻时威风凛凛，机智勇敢，爱打抱不平，深受主人喜爱。但是，如今的毛尔荷已不同往日——他老了，再也不能像以前一样奔跑抓捕。他的肋骨一根根凸起，毛发干涩蓬乱，天天无精打采地趴在地上，像是病了很久。

毛尔荷悲伤地叹道："我没生病，只不过是太饿了。如果让我吃得饱饱的，我还能做点儿事情。"

毛尔荷接着说："善良的特路恩，听说你最近遇到了伤心事，心情很不好，我能为你做点儿什么吗？"

于是，特路恩把事情的经过告诉了毛尔荷：列那如何狡诈地骗取她的信任，背着她吃掉了她的孩子；

阅读与写作

使用排比的修辞手法，用简洁的"如何……如何……如何……"的句式描述了特路恩受到列那欺负的复杂经历，也写出了特路恩失去孩子后的自责心情。

她自己如何愚蠢地轻信了列那；朋友们又如何胆小怕事。最后，她表明了一定要向列那复仇的决心。

“特路恩，你听我说，只要我能饱饱地吃上一顿，就能恢复力气。我和你一起去找列那复仇，让他为自己的卑鄙行为付出代价。请相信我，我一定会帮助你的！”

特路恩想了想，向四处看了看，说：“毛尔荷，你能走到大路边吗？我保证能给你弄到吃的。”

毛尔荷沉重地点点头，勉强起身，慢慢挪到路旁，藏在了路边的灌木丛中。

“你看，远处来了一辆车，车上载满刚从市场上买来的肉食。你藏在这里别动，也别出声，盯着车夫。当他跑开的时候，你就拼尽全力爬上车，那时就能吃个饱了。”

“车夫会跑开吗？”毛尔荷问道。

“你瞧我的本事吧！”特路恩很自信地说。

不一会儿，车子驶来，特路恩扑棱着翅膀，假装飞不动的样子，在车前来回盘旋，有几次差点儿摔下来。车夫发现了在车前飞着的小鸟，断定它受了伤。于是，他想把这只小鸟抓住，带回去给孩子们玩。车夫停住车，从车上跳下来，跑去追赶这只小鸟。

毛尔荷一看，机会来了，急忙用力爬上车子，拿了些火腿和香肠，并将它们拖到灌木丛后面，美美地吃了起来。而那位车夫呢，跑得满头大汗，也没有抓住小鸟。

就这样，特路恩一连几天都帮助毛尔荷饱餐一顿。毛尔荷一边恢复体力，一边和特路恩计划着怎么惩罚列那。

一天中午，列那正在马贝渡城堡里午睡，忽然听到特路恩在外面向他大声喊道：“列那，我太想我的孩子了！没有了他们，我也不想活了，你出来把我吃掉算啦！”

列那正饿得无精打采，一听特路恩这话，没多想便乐滋滋地走了出来。

特路恩则利用老办法，一边哭诉着想念孩子、不想活了，一边引着列那向前走。列那在后面紧追不舍，但总是扑空。飞着飞着，特路恩突然停下，对列那说：“到了，我就打算死在这儿。列那，你来吃我吧！”

就在列那扑向特路恩的一瞬间，勇敢的警犬毛尔荷从特路恩后面扑了上来，一口咬住列那的脖子。列那哪里打得过毛尔荷？在毛尔荷的猛烈攻击下，列那简直毫无招架之力。不一会儿，他就像死了一样躺在地上。毛尔荷停了下来，对特路恩说：“亲爱的，我替你报了仇，他必死无疑，你的孩子也可以安息了。”

看到列那受到应有的惩罚，特路恩终于露出了欣慰的笑容，并向警犬毛尔荷表达了深深的谢意。

阅读与感悟

善良的特路恩给了列那一些食物，却没想到列那会把她的孩子吃掉，身为母亲的特路恩无比自责。而勇敢的毛尔荷为了报答特路恩给他找食物，帮她教训了列那。在生活中，我们应该时常怀有一颗感恩之心，对帮助过我们的人表示感谢。

第十章　鹭鸶秉沙丧命

阅读与思考

好像每一个跟列那有关的动物都会在不经意间上他的当，那么鹭鸶秉沙是怎么上当并丧命的呢？

列那和毛尔荷交战之后，装死逃过一劫，回家便大病一场，卧床休养了很长一段时间。

这一天，医生终于准许列那出门。久病已将列那消耗得毫无气力，他在路上慢慢踱步，懒洋洋的，一点儿力气也没有。

现在是秋天，一朵朵白云在蔚蓝的天空缓缓流动，变化出各种可爱的形状。远处的山丘一片火红，鲜红的果子挂满了枝头，收获的季节到了。列那却无心欣赏这些，他想的是肚子有些饿了，自己已经好久没有吃到新鲜美味的食物了。

列那深深地叹了口气，垂下头来。他漫无目的地走哇，走哇。

他走到河边，岸边长着茂盛的芦苇。河水很清澈，静静地流淌着，河水里有一些小鱼在自由自在地游来游去。列那馋得差点儿流出口水，迫切想抓点儿鱼填填肚子。

他站在岸边，撩起前爪。可是，他的爪子一伸到水里，小鱼立马四散逃开。他左扑腾、右扑腾，折腾了半天，一条鱼也没有抓到。

列那失望地抬起头来。突然，他远远地看见一只鹭鸶正在下游的岸边捉鱼。

语文与生物

鹭鸶，为大、中型涉禽，具有长嘴、长颈、长脚的外形，羽色有白色、褐色、灰蓝色等。鹭鸶的羽毛有较高的观赏价值。

这只美丽的鹭鸶叫秉沙。她刚捉到一条小鱼，吃完后，心情好得出奇。

秉沙轻轻拍了拍翅膀，甩甩脖子，欢快地叫了几声。接着，她用细长的嘴理了理身上洁白的羽毛，随后又低下头来捉鱼，看上去悠然自得。

“多好的食物哇！”望着鹭鸶秉沙，列那激动得两眼放光——既然没有鱼吃，鹭鸶的味道想必也不错。

列那了解鹭鸶秉沙机警异常的习性，只要自己一靠近，秉沙立马就会展翅逃走。即便自己跑得再快，也追不上会飞的鹭鸶。

没有什么事情是可以难倒列那的。他坐在芦苇丛里，摇着尾巴，晃着脑袋，看了看周围，认真地想了一会儿，很快就想出了一个主意。

列那采了好多根芦苇，用茅草绑在一起，做成一个小“芦苇排”，在上面放上一堆青苔，然后让“芦苇排”顺着水流漂过去。

秉沙正在专心捕食小鱼，这堆东西忽然漂到她身旁。她惊得向后退了好几步，可很快看清，那不过是堆芦苇和青苔。她用长嘴轻轻推了一下，任其继续往下游漂去，并未在意。

过了一会儿，更大一堆芦苇和青苔顺流漂来。秉沙又本能地后退了几步，仔细一看，发现这堆东西和刚才的并无不同。“噢，原来是我多疑了！”秉沙暗自嘲笑自己，随即用长嘴将其推开，继续专注地捉鱼。

第三堆更大的芦苇和青苔漂来了，秉沙不再吃惊后退——她以为这堆东西和之前的一样，便任其漂近，一心只顾着捕鱼。可是，这一次她错了——这堆芦苇和青苔里，正藏着狡猾的狐狸列那。

秉沙伸着细长的脖子，专心致志地盯着水里的小鱼。芦苇和青苔越漂越近，秉沙还来不及反应，列那便掀开盖在身上的青苔，猛地扑了过去，将她一口吞下。

阅读与感悟

鹭鸶秉沙的确很机警，但是狡猾的列那还是有办法让她放松警惕。列那在不断地试探秉沙，一次不行就两次，两次不行就三次……果然多次试探以后秉沙就降低了戒心。于是，列那的计谋得逞了，秉沙成了列那的腹中餐。我们在处理事情时，要仔细，要严谨，不能马虎大意。

第十一章　列那遭到叶森格仑的戏弄

阅读与思考

列那为什么会遭到叶森格仑的戏弄呢？以往不都是狡猾的列那戏弄别人吗？叶森格仑是怎样捉弄列那的呢？

列那吃了鹭鸶秉沙，顿时感觉自己的伤痛全消。他非常开心，便往家的方向赶去。

途经雄狼叶森格仑的门口时，列那突然想到，也许到叶森格仑家还能弄点儿东西吃——因为海逊德夫人总是很偏爱他，常常热情地招待他，总会把家里好吃的拿给他。

此时，叶森格仑到外面去找食物了，孩子们在附近玩耍，只有海逊德夫人独自在家。

列那敲开了门，见到海逊德夫人，亲热地叫道："亲爱的舅妈，好久不见了，你还好吗？我来看你了。"

海逊德夫人见到列那后非常开心，仔细看了看他大病初愈的样子，满脸关切地问道："外甥啊，好久没见你来了，你的脸色为什么这么苍白呀？"

"唉！一言难尽，舅妈。"狡猾的列那赶忙说，"一条大野狗袭击了我，把我咬得很惨，我差点儿就见不到你了。”

“可怜的孩子！”海逊德夫人怜悯地说，“到这儿来，在我家里好好休息一会儿。我把叶森格仑准备当作晚餐的小鸽子烧给你吃吧！你真是需要好好地补一补身体，看你那虚弱的样子！”

尽管海逊德夫人真情实意地招待列那，但列那心里还是不太乐意。他想：“一只小鸽子岂能满足我的胃口？不过，再怎么样也比没吃的好。”于是，他开心地享受了海逊德夫人热情的款待。

可是，叶森格仑的孩子们却不喜欢列那。他们一看见列那来，就躲起来，藏在暗处监视着这个一贯喜欢戏弄别人的表兄。

当看见列那正在吃妈妈烧的美味鸽子——那还是爸爸特意交代留着当晚餐的，孩子们立刻火冒三丈。

那鸽子肉正是他们眼巴巴想吃的！居然被这只狡猾的狐狸独吞了，太可恶了！

因此，叶森格仑刚从外面回来，小狼们就赶紧把这件事添油加醋地告诉了他。

叶森格仑听说此事后心里当然也不高兴，他被列那愚弄了那么多次，每次都差点儿丢了性命，吃了那么多苦头，怎么能轻易放过列那？

可是叶森格仑听了孩子们的话，并没有表现出对列那的不满。相反，他对列那表现得非常亲热——因为他心中早已想出教训列那的办法了。

他一跨进门就满脸笑意地说：“外甥啊，你现在可出名了呀！大家都说你和鱼贩子斗智，不仅戏弄了他们，还带回大量食物。你真是高明极了！”

“最近我发现一件美事，”叶森格仑停顿了一下，又接着说，“现在正是鲜鱼上市的季节，每天早晨，我都在大道上见到许多装满鲜鱼的车子。难道你没有见到吗？如果咱俩合作，一定能弄些好鱼回来。”

“好主意呀！”列那一听，心里非常高兴，马上盘算着怎样弄些鲜鱼回家，“好吧，咱俩明天一早就一起去等候鱼车。具体做法嘛，到时候就会有的。”

列那自以为聪明，竟忘掉了自己与叶森格仑的仇怨，放松了对他的戒备。看来，自以为是往往会使人掉入陷阱。

第二天一大早，列那准时来到约定地点，与叶森格仑会合。他们结伴来到大道边，躲在灌木丛后等待鱼车到来。

太阳已经高高升起，鱼车却还未出现。他们等得有些不耐烦了，正打算到别处去寻找食物时，只见远处来了一匹马，吃力地拉着一辆沉重的四轮车慢悠悠走来。车上堆满了鱼篓，沉甸甸的。马低着头，奋力拉车，行进迟缓，年迈的马车车夫已经在座位上打起了瞌睡。

列那非常开心地说：“舅舅你看，机会来了。车夫正在睡觉呢，我们只需轻轻跳上车，就可以在上面安心地大吃一顿。”

叶森格仑却提议道：“我看最好的办法还是你自己先跳上车。我的身体太重，一旦跳上去，车子就会有动静，恐怕会惊醒车夫。”

列那巴不得如此，这样他就可以先独自享用到美味。他马上同意了叶森格仑的提议。

他们先躲在路边，让车子过去。然后，当车子经过的时候，列那抓准时机，轻轻一纵，跳到车上，钻进鱼篓堆里，马上咬开了一个鱼篓。可是时间太紧迫，他不敢停下来先尝，只好老老实实地把鱼篓里的鱼

阅读与写作

使用动作描写，“一纵”“跳到”“钻进”“咬开”这一连串的动作描写表现了列那的灵敏，以及他对食物的贪婪。

叼出来，扔在路上，让叶森格仑运走。

按约定，叶森格仑应该把鱼搬到一片小树丛后，在那儿和列那平分。

列那尽量轻手轻脚，可还没搬下多少鱼，发出的声响就把车夫弄醒了。

列那一见不妙，赶紧找机会跳下车，拼命地逃跑。

车夫见车上跳下一只狐狸，这才发觉鱼被偷了。可惜等他反应过来想去追时，列那早已跑远了。

列那匆匆赶到和叶森格仑约定的地方，却不见雄狼的踪影。他急得团团转——那可是好不容易搬下来的鱼呀！

列那以为叶森格仑记错了地方，便到处寻找他，结果一无所获。

不久后，在远处的另外一片小树丛后面，列那总算找到了叶森格仑。

叶森格仑正悠闲地坐在树下等他。刚一见面，列那就抱怨叶森格仑临阵脱逃，不顾他的安危。

"我可没有临阵逃走，"叶森格仑振振有词，"我完全是按我们事先的约定在这儿等着的。好外甥，也许是太阳晒得我头晕，所以才记错了地点。"

"先不说这些了，我的那份鱼在哪儿？"列那气喘吁吁地追问。

"你的鱼嘛！"叶森格仑慢悠悠地指指地上的一堆鱼骨头说，"瞧，那不是吗？"

列那顿时气得两眼发绿。

"我说列那呀，你扔下来的鱼并不是很多，根本不够我俩享用。不过，我还是很偏爱你的，给你留下了一堆鱼骨头。再见了，亲爱的外甥，现在你可以享用你的早饭了！"

列那气得浑身发抖——他竟被叶森格仑戏弄了！这让他难以忍受，他下定决心一定要让叶森格仑付出代价。

阅读与感悟

自以为是往往会让人掉入陷阱。骄傲自大的人总喜欢以自我为中心，既不考虑实际情况，也听不进他人劝诫，最终吃亏的只能是自己。

第十二章　水井历险记

阅读与思考

找不到食物的列那又一次到一个院子里偷鸡，却不慎掉入水井中，他能顺利逃脱吗？

前些日子，列那一个接一个地残害动物：先是骗了麻雀特路恩，吃了她的孩子；后来又设计杀害了鹭鸶秉沙。消息很快就传了出去，导致现在没有动物相信列那，大家都远远地躲着他，更别说上他的当了。

列那已经一连几天没有吃饱肚子了，眼见妻儿也跟着挨饿，他很心痛。为了生存，列那不得不出去找吃的。

列那一连在外面转了几天，也没找到什么好吃的。

前天，列那好不容易捉到一只独自外出觅食的小鸡。可这么小的鸡，哪里够塞牙缝，况且家里还有几张嘴等着吃饭呢。

昨天，列那守着一条小溪，想抓些鲜鱼回家当晚餐。他等了整整一天，好不容易抓到两条小鱼。这两条小鱼因为贪玩游到岸边浅水区嬉戏，冷不防被列那的爪子一拍，顿时晕头转向，只好乖乖就擒。

这天，天空阴沉沉的，北风凛冽地刮着。列那拖着沉重的步子，在森林小道上缓缓走着。他饿得前胸贴后背，肚子不争气地“咕咕”直叫。

不知道走了多久，列那穿过了森林，来到草原。他发现一座院子，气派的大门紧闭着，灰色的围墙里有两排高大的房屋。

看见院子，列那不禁自言自语：“只要能想办法进到院里，就不怕弄不到好吃的。”

可是，要想进去谈何容易，院子围墙外有一条又深又宽的水沟，沟里积满了污水，根本没办法跳过去。列那绕着院子转了一圈，还是没想出办法。后来，列那发现院子的一侧有一扇紧闭的大门，门前的水沟很窄。凭着敏捷的身手，列那很轻松便跳了过去。可这门怎么打不开呢？

列那心急如焚，在原地直打转，不知道怎么办才好。就在这时，他突然发现大门的下边有一个猫洞，顿时高兴起来。可他转念一想，自己要进去得小心才行。

于是，列那轻轻地走到门前，悄悄地弄开洞门，从猫洞钻了过去。

阅读与写作

使用副词“轻轻地”“悄悄地”，巧妙地表现了列那偷偷摸摸、小心翼翼的样子。

成功进入院子后，列那又惊又喜。环顾四周，他突然发现一根粗棍子上挂着鸡笼，两只母鸡正悠闲地待在里面。

一看见母鸡，嘴馋的列那恨不得马上吃掉她们。顾不得多想，列那就朝鸡笼扑去。一眨眼的工夫，一只母鸡已经被列那狼吞虎咽地吃掉了。而另一只母鸡，列那没吃，准备带回家。就这样，列那叼着母鸡钻出猫洞，来到大门外。

列那本想叼着母鸡往家里赶，可是忽然觉得有点儿口渴。他

发现不远处有一口水井，井架上的绳子两端各拴着一只水桶。于是，他把母鸡藏到附近的草丛里，跳上了井台。

列那正要把一只水桶放下去。不知怎么回事，“砰”的一声，他就莫名其妙地随着水桶掉进了井里。

列那慌了。他倒是能喝个痛快了，可他怎样才能从井底爬上去呢？如果不赶快逃走，被人捉住，后果不堪设想。

就在列那绞尽脑汁地想怎样才能从井底爬上去的时候，雄狼叶森格仑为了寻找食物，也来到这座院子附近转悠。

叶森格仑也发现了这口水井，赶紧走过去。等他俯下身子向井底张望时，瞬间惊呆了，身上的毛都竖了起来——井里有只形似列那的狐狸，正贴在井壁上一动不动。

叶森格仑朝下面大声喊道：“喂，谁在下面？是你吗，列那？”

列那一听是叶森格仑的声音，觉得自己有救了。但他想到自己曾多次捉弄叶森格仑，对方对自己很有成见，此时直接求援是不可能获救的，必须用计策才能达到目的。于是，列那马上装成有气无力的样子，对井上面的叶森格仑说："亲爱的舅舅，我已经不是我了，因为列那已经离世了。我现在正和神仙们在一起，我和他们已是一家人。我是一个神仙了，这让我分外开心。"

叶森格仑半信半疑地问："开心？你说的是真话吗？"

列那肯定地说："那当然啦！只有神仙才能待在这儿。这里吃喝不愁，我想要什么便有什么。"

贪婪的叶森格仑听说有好吃的，立刻就来了精神，说："啊，我亲爱的外甥，我怎样才能马上跟你在一起呢？"

列那故意给叶森格仑泼冷水："这里可不是谁想来就能来的。就拿你来说吧，你得承认自己做过不少亏心事。比如，你总是无缘无故怀疑我，认为我整天捉弄你，是一只坏狐狸。"

叶森格仑马上说："你说得对，亲爱的外甥。我不该怀疑你，我做了很多亏心事。现在，我要怎样才能到你那里去？"

列那说："我亲爱的舅舅哇，你坐到上面那只水桶里。如果你符合要求，就会降下来；否则，就会升上去。怎么样？试试吧，舅舅！"

说完，狡猾的列那爬到井下的那只水桶里。叶森格仑则乖乖地爬进井台上的另一只水桶。可想而知，因为叶森格仑比列那重得多，他所在的水桶向下降，而列那所在的水桶升了起来。

当两只水桶在井中间相遇的时候，叶森格仑感到奇怪。他问："列那，你这是上哪儿去呢？你为什么要离开呢？"

列那撒谎说："是这样，舅舅，因为你来了，我就得给你腾地方。要知道，这里的位置很有限，只有最幸运的人才能进来。"

正说着，叶森格仑就沉到了井底，列那则在升到井台后轻轻一纵，跳到了地面。列那找到自己藏起来的母鸡，十分得意地走了。

第二天天一亮，院里的人来井边打水，发现了叶森格仑。当把叶森格仑弄上来时，他发现这是一只大公狼，吓了一大跳，可仔细一看，大公狼好像已经淹死了。于是，这人大喊起来：“快来看哪，我从井里捞上来一只淹死的大公狼！”

叶森格仑其实并没有死。趁着那人说话的工夫，他挣扎着站起来，连滚带爬，逃离了这个让他吃了大亏的地方。

经过这次死里逃生，叶森格仑彻底认清了列那的阴险狡诈，对列那的仇恨也更深了。

阅读与感悟

列那总是欺骗叶森格仑，害得他一次次陷入危险。所幸叶森格仑每次都能死里逃生。因为贪婪，叶森格仑总是轻易上列那的当。我们要牢记“天下没有免费的午餐”，想拥有任何东西，都需靠自己努力去争取，别妄图不劳而获，否则很容易上当受骗。

第十三章　第十张狐狸皮

阅读与思考

第十张狐狸皮有什么特别的吗？这张狐狸皮跟列那会有什么关系呢？

列那怕被雄狼叶森格仑报复，决定出趟远门，但还未想好要到哪里去。

天空晴朗，空气清新，列那轻松自在地走着。饿了，就在矮树丛中逮几只小野鸡；渴了，就喝几口山泉水。

列那有一位表兄，住在一个大庄园附近。庄园里面有个很大的饲养场，那里的鸡、鸭又肥又大；庄园还有个很大很大的地窖，里面有很多很多食物。所以，列那的表兄很喜欢这个庄园。即便庄主是个酷爱打猎的家伙，这位表兄也认为，那点儿潜在的危险在美味面前根本不值一提，只要谨慎些就行。

一想到那美味的鸡、鸭，还有装满食物的巨大地窖，列那就馋得口水直流。于是，他觉得很有必要去拜访一下这位表兄，随即便飞快地跑了起来。

不久，列那来到表兄家附近——那是一片茂盛的树林。相比之下，马贝渡要逊色许多。列那盘算着将来也许可以把家迁到这里。

然而，杂乱的马蹄声，愤怒的狗吠声，以及人的叫喊声将列那从憧憬中拉了回来，准是那位富裕的庄主又在围猎了。

列那左看右看，想要找个地方躲起来。可他对这一带并不熟悉。

“狐狸！狐狸！”一个猎户喊道，“那里有狐狸！抓狐狸呀！”随后，庞大的捕猎队伍就从四面八方包抄而来。列那有着一套与猎户、猎狗周旋的技巧，他先向前猛跑，速度快得像离弦的箭，然后突然转弯。这让他暂时甩开了紧追不舍的猎狗，争取到宝贵的逃生时间。然而，这套屡试不爽的老办法这次却失灵了——捕猎的队伍规模太大，而且猎户和猎狗经验老到，列那很快就被包围了。

阅读与写作

使用比喻的修辞手法和动作描写，通过列那一连串的动作展现他的灵活，又把他逃跑时的速度比作“离弦的箭”，更写出了列那逃跑速度之快。

列那全身的肌肉瞬间绷紧，他发现了包围圈的突破口——那是一座吊桥，直通农庄的城堡。随即，列那狂奔而去。

后面的猎户大笑起来，逃进城堡的动物怎么还能逃脱得了？

然而，人们对城堡展开地毯式搜索，却始终不见列那的踪影——他仿佛凭空消失在了城堡之中。

“一定要找到那只狐狸！”

“奇怪了，怎么一晃就不见了呢？”大家也七嘴八舌地议论起来，“按理说，只要将吊桥拉起来，就算他有通天的本领也插翅难逃哇。狐狸到底去哪儿了呢？”

人们又将城堡彻底搜索了一遍，没有放过任何角落，甚至连花瓶里都仔细检查过了，然而狐狸却似人间蒸发，踪迹全无。

“天黑了，我们先吃饭，”庄主说，“那狐狸逃不了的，难道他还会变戏法不成？明天就是他的死期。”

第二天，人们在城堡外面的树林边，发现了昨天消失的狐狸。列那正坐在那里，挑衅地看着准备去打猎的人们。猎人们见状蜂拥而上，急于洗刷昨天的耻辱。列那还是像昨天一样，蹿上吊桥，闪进城堡。

人们翻箱倒柜地搜寻一番，依旧毫无所获。

后来的几天，列那每天都在人们准备去打猎的时候出现在树林边，引着猎人和猎狗跑上吊桥，再闪进城堡，然后消失不见。

猎人们咬牙切齿，却毫无办法，列那就好像蒸发了一样。

这一天，城堡迎来了一位客人。庄主带着他去打猎，一路上向这位客人讲述了那只令人头疼的狐狸的事。客人对凭空消失的狐狸十分感兴趣。

晚上，当他们打猎回来的时候，列那又现身了——他正坐在树林边，优哉游哉地看着这群猎人，全无逃跑之意。

猎人和猎狗马上围了上去。列那还是玩着之前的把戏，跑上吊桥，闪进城堡，转瞬消失不见。

庄主无奈，只得暂时放弃搜寻，因为他有贵客要招待。

“您的狐狸皮真漂亮，”客人说，“肯定费了一番心血吧？那只消失的狐狸，他的皮毛也像这十张狐狸皮一样美丽吗？”[1]

“我亲爱的朋友，那的确是费了一番心血。不过，您数错了，我只收藏了九张狐狸皮。”

外面传来猎狗的叫声，声音里满是急切。

“怎么回事？”庄主问仆人。

“请您原谅，那是我的猎狗，”客人说，“我恳请您允许他进来。”

---

[1] 这种行为是违法的，我们要保护、爱护野生动物。

猎狗进入了城堡。他并不是因为一时看不到主人而吠叫，而是闻到了狐狸的味道。一进门，他就冲向那些挂在墙上的狐狸皮。

庄主顺着狗吠叫的方向看去，那张狐狸皮确实跟别的很不一样——它不仅能呼吸，而且皮下面还有骨头！

“这不就是那只让我们好找的狐狸吗？”客人指着其中一张狐狸皮说道，“他藏在狐狸皮中间。”说着，客人还趴到墙上用手去捉。

说时迟那时快，墙上那张会呼吸的狐狸皮迅速闪身，咬了客人一口，然后箭一般向门口逃去。

猎狗紧追不舍。此时的大厅里一片忙乱：有忙着帮客人处理伤口的，有拿上工具叫喊着冲出去追狐狸的。

列那趁乱逃出了城堡。他得意扬扬——不仅捉弄了猎户一番，还把城堡搅得鸡犬不宁，可真开心哪！

等慌乱的人们惊觉该拉起吊桥阻拦时，列那早已踏上了归家之路！

阅读与感悟

列那在被捕猎的大部队包抄时，居然机智地逃脱了。他善于伪装，混在一堆狐狸皮中，迷惑了敌人，还凭借机灵，一次又一次地捉弄敌人。不过，在现实中遇到危险时，我们应该第一时间寻求帮助，千万不能故意将自己置于险境。

第十四章　列那上了公鸡的当

阅读与思考

列那和向特格雷见面了，这次狐狸和公鸡之间又会发生什么呢？列那为什么上当了呢？

这天，列那在林中散步。周遭暖洋洋的，田野里欣欣向荣。他走着走着，来到了一个农场。农场被一排篱笆环绕着，篱笆内有美丽的花园、硕果累累的小树，还有一条潺潺流淌的小溪。农场里不时传来母鸡下蛋的“咯咯”声、公鸡打鸣的“喔喔”声，列那听得口水直流——对于饥肠辘辘的狐狸而言，这声音简直美妙极了。

列那围着农场转了一圈，发现篱笆十分密实，木桩一个挨着一个，连老鼠都休想钻进去。突然，列那发现了一处裂缝，那是一根断裂的篱笆桩子，从这里可以毫不费力地进入农场。列那钻了进去，找了个隐蔽的地方藏起来，想着坏主意。

不远处有几只母鸡，其中一只名叫潘特。她下的蛋又多又大又圆，主人十分喜爱她。

列那舔舔嘴唇，有点儿按捺不住——毕竟，一大群美味就在眼前，任谁都难以自持。他情不自禁地晃着尾巴，可离鸡群太近了，这点儿轻微的响声还是惊动了觅食的母鸡，她们开始大叫起来。

公鸡向特格雷闻声而至。“发生什么事情了？”他问道。

“先生，刚刚我们啄食的时候，听到了奇怪的动静。我还看到一双可怕的眼睛盯着我们。那让我感觉到了危险。”母鸡潘特说。

“你在哪里看到的？”向特格雷问道。

“在篱笆那边，他从篱笆那里钻进来了。”

母鸡们又开始躁动起来。

向特格雷向篱笆望去，那里空空如也，什么也看不到。

“你大概是看错了，篱笆坚固得很，没有什么能钻进来。大家该做什么就去做吧，有我守护这里，不会出什么问题的。”听了向特格雷的话，母鸡们安下心来，又去觅食了。

向特格雷把要离开的母鸡潘特叫住，对她说：“刚刚我做了一个梦，却被你们的尖叫声打断了。潘特，请你帮我分析分析，我不太明白这个梦。”

“那你说说吧，是一个什么样的梦？”

阅读与写作

使用语言描写，详细地描述了向特格雷做的梦，说明这个梦的真实感非常强，也表现了向特格雷很害怕。

“在梦里，我看到一只奇怪的动物向我走来，那时我正在品尝新鲜的谷粒。一件红棕色的皮袄披在他的身上，虽然十分合身，可他非要把这件皮袄送给我。我没有同意，因为那件皮袄一点儿也不适合我，可那个动物还是把皮袄硬披在了我的身上。”向特格雷看了看母鸡潘特，又接着说，“这皮袄让我十分不舒服，所以我想还给他，正在我想要将它脱掉的时候，你们的喊声就把我吵醒了。”

“确实很可怕。那件皮袄恐怕是属于一只野兽的，你觉得难受，很可能是那只野兽在咬你。这不是个好的兆头，向特格雷，你一定要小心哪！”母鸡潘特说完，又补上一句，“我看咱们还是躲进鸡舍里比较安全。要不然的话，恐怕你会有危险。”

向特格雷并没有把潘特的话当回事，他说道：“这儿安全得很，我是不会在这里遇到什么危险的。我会记住你的劝告的，不去篱笆外面，那里也许会遇到对我们虎视眈眈的野兽。谢谢你为我做的分析。”说完，向特格雷便走到土堆上，打算再眯一会儿。潘特则带着其他的鸡回到了鸡舍。

列那看准时机，悄悄接近正在打盹儿的公鸡。他往前一扑，张嘴想咬住公鸡的脖子，可是由于用力过猛，反而从向特格雷的身旁擦了过去。

向特格雷被惊醒了。他扑棱着翅膀，嘴里发出惊恐的叫声，飞到了安全的地方。

列那爬起来，亲切地对公鸡向特格雷说：“嘿！向特格雷，在这儿遇见你，我可真开心。你父亲和我父亲是亲密的表兄弟，我早就听说过你。今天能够见到你，我是多么荣幸啊。”

列那见向特格雷没有回答他，又继续讨好道：“你是如此神采奕奕，身材匀称，威风凛凛，比你的父亲年轻时还要出色。”

向特格雷听到这里，稍微放松了警惕。列那见状，再接再厉地夸道：“我听说你父亲是位了不起的艺术家，他的歌喉远近闻名。我父亲常对我提起，我从小就对你父亲充满了崇拜之情。我想，这么优秀的基因，他一定遗传给你了。向特格雷，能为我一展歌喉吗？这是我一直以来的愿望。”

向特格雷被夸得有些飘飘然。他站直身体，伸长脖子，清了清嗓子，“喔喔”叫起来。

列那一边听，一边摸着下巴，装出认真欣赏的模样，不住点头。“果真名不虚传！”列那说，“你父亲的基因果真异常优秀，你唱得真是好极了，我从没有听过这么动听的歌声。不过我记得你父亲的声音更加绵长一些，他唱歌时总闭着眼睛——一闭上眼睛，声音就更具穿透力，令听众热血沸腾、沉醉其中。亲爱的向特格雷，你能为我演示一下吗？”

母鸡潘特的忠告已经被向特格雷抛到了九霄云外。此刻，他沉浸在列那的甜言蜜语中，狐狸的恭维让他彻底放松了警惕。

向特格雷闭上眼睛，“喔喔”叫起来。

列那抓住机会，纵身一扑，咬住了向特格雷的脖子。而可怜的向特格雷正努力把音符拉得长长的呢！

躲在鸡舍里的母鸡潘特看到了这一幕，她大声呼喊，希望引起农场主人的注意。人们听到声响纷纷赶来，见最健壮的公鸡被狐狸叼在口中，当即放出猎狗，匆匆忙忙追了上去。

列那叼着公鸡向树林深处狂奔而去。

向特格雷被咬着脖子，十分痛苦，他感觉死亡近在咫尺。但他还是鼓足勇气对列那说：“他们快追上你了，你现在放了我，赶紧逃命去吧。”

列那不理睬他，脚步不停，咬住公鸡脖子的嘴巴也没有松开的迹象。

向特格雷感叹说：“唉，潘特呀，你现在是不是在说‘无论如何，你都逃脱不了他的魔爪’？无论如何，无论如何……”

列那每跑出一步，公鸡向特格雷就用凄惨的语调重复一句“无论如何”。后来，连列那也忍不住说道：“无论如何，你都会被我捉到。”他语气轻松且骄傲，可他一张嘴，向特格雷就扑棱着翅膀飞到了树枝上。

“嘿，兄弟，你还是不要高兴得太早！我以后再也不会给你唱歌了。而且，我以后睡觉时一定要睁着一只眼睛才行！”

列那有点儿恼怒。他愤愤地说道：“我叼着你的时候再也不张嘴了！”

眼看猎狗就要追上来了，列那只得没命似的逃跑。他一无所获，还上了一只公鸡的当，这真是奇耻大辱。

阅读与感悟

狡猾、奸诈的列那在捉弄公鸡向特格雷时，也被对方捉弄了。所以，我们在日常生活中，一定要牢记与人为善，和身边的人好好相处，不能对他人耍心机。

第十五章　在驴子伯纳家

阅读与思考

列那和向特格雷再次相遇了，他们之间又会发生什么有趣的事呢？列那为何会去伯纳家？

秋高气爽的一天，列那来到了曾到访过的一个农场。这里有肥沃的农田、茂盛的树木和花草，一条清澈的小溪从中间流过。在一排篱笆墙的后面是一排高大的房子和一个大花园，农场的人都住在这里。

列那在篱笆墙外向里张望，看见一群母鸡正带着小鸡们玩耍，旁边还有一只昂首挺胸的大公鸡在悠闲地踱来踱去。这只公鸡名叫向特格雷，是鸡群的首领。列那曾经试图伤害他，却未能得逞。

列那看见鸡群，心中燃起了贪婪的欲望。可是这只公鸡很有戒心，说不定会大声叫喊引来农场主人。

列那想了想，走到篱笆前，对向特格雷打招呼："亲爱的向特格雷，你好哇！"

向特格雷听出了列那的声音，警惕地环顾四周，发现列那躲在篱笆外面，便走过去问道："你想怎么样，列那？"

“我只是想向你打个招呼，与你聊聊天。你还不知道吗？狮王颁布了和平法令，命令所有动物都要和平相处、相亲相爱。”列那友好而又真诚地说。

向特格雷半信半疑地问：“是真的吗？”

“当然是真的，我现在都改吃素了。亲爱的朋友，我们都该和平相处、相亲相爱。”

向特格雷非常开心地召集了鸡群，宣布了这个消息，并以列那吃素为例证明这个法令的真实性。母鸡们听了也很高兴，她们吵吵嚷嚷着要到篱笆墙外面去玩耍。于是，向特格雷带着鸡群钻出了篱笆墙。

母鸡们和小鸡们在草地上尽情享受自由，有的玩耍，有的觅食，十分开心。而在一旁的列那，早已按捺不住贪吃的欲望。他趁着小鸡们在玩耍时，一把抓住身边的一只小鸡就往嘴里塞，没几下便将它吞进肚子里。不一会儿，他就吃掉了好几只小鸡。

正当列那吃得开心的时候，向特格雷突然觉得不对劲，赶紧召集鸡群清点数目，发现少了几只小鸡。再转眼一看，列那的嘴角还残留着几根鸡毛。向特格雷立刻明白过来，他大声地叫喊：“列那，你这个无耻的骗子！”鸡群也跟着叫了起来，叫声引来了农场主人，还有男佣、女仆，以及农场的猎狗。

这下，列那知道有麻烦了，可他还想在临走时给妻儿带点儿食物。他抓住离自己最近的科珀——那只有着洁白羽毛、人见人爱的小母鸡，想咬死她后拖走。然而，猎狗的声音越来越近了，列那只好扔下科珀拔腿就跑，后面的猎狗穷追不舍。

列那情急之下跑进了驴子伯纳家，进门后马上装作悠闲潇洒的样子。见到伯纳后，列那一脸严肃地说：“老朋友哇，我投奔您来啦！我想好了，我要摆脱这尘世的烦恼，躲避世俗的恩怨。我要在您这里忏悔一下，请您给我一个改过自新的机会吧！”

驴子伯纳非常正直、忠厚。他一听，高兴地说：“这太好了！我非常欢迎！不过，我们平时不吃肉，只吃素食，你喜欢吃肉的习惯在这里得改正。你能做到吗？”

要想让列那改掉吃肉的习惯，比要了他的命还难！但眼下为了逃避猎狗的追杀，他立刻撒谎道：“那没关系，我有时对肉食还挺倒胃口的，放弃吃肉根本不成问题。”其实，他心里想着：反正刚才吃了那么多鸡肉，还需要些时间消化呢。

阅读与写作

使用夸张的修辞手法，说明列那非常喜欢吃肉，让他放弃吃肉是不可能的，为下文列那偷鸡作铺垫。

前两天，列那还勉强忍受得住没有肉的日子。到了第三天，等肚子里的小鸡差不多消化完，列那开始觉得嘴里寡淡，想要吃肉了。

这天晚上，列那怎么也安定不下来，在院子里一圈又一圈地转着，自言自语道：“这里的伙食太差了，天天如此，怎么受得了？”

突然，列那在一间仆人的房门口停下，好像听到了鸟儿的声响。

他轻轻推开门，屋内空无一人，窗台上挂着一个笼子，一只鹦鹉站在里面自顾自地说着话。

列那回头扫视了一下院子，确定四下无人后，才走进屋里。他伸手打开笼子，一把掐住鹦鹉的脖子，狠狠地咬了下去。可怜的鹦鹉挣扎着发不出声，不一会儿便断了气。

就这样，列那偷吃了伯纳院子里唯一一只会说话的鹦鹉。由于仆人们都很忙，没有人注意到鹦鹉不见了。仆人见到空笼子，误以为鹦鹉自己淘气飞出去了，便没有向伯纳禀报。

列那吃了这只鹦鹉，又熬过了几天。可是日子久了，列那忍受不了伯纳这里的清淡生活，脑袋里整天想着怎样才能吃到肉。

列那注意到，伯纳院子里有几只会下蛋的母鸡，那是伯纳的邻居们送给他的。面对如此诱人的美味，列那实在忍不住了。有一天趁大家不注意，他动手了。

一只刚下完蛋的老母鸡走出鸡窝，“咯咯”叫着讨食物吃。列那早已在鸡窝外等候，瞅准时机便扑了上去。这只可怜的老母鸡没有吃到最后一顿饭，反倒成了列那口中的美餐。

正当列那偷吃母鸡时，看门的人发现了异常，当即大声呼喊起来。院子里的人闻声纷纷跑了出来，只见列那正将母鸡拼命往嘴里塞。

众人都惊呆了，列那却一刻不停地啃食着母鸡肉，不一会儿就将一只鸡全都吞到了肚子里。仆人们气愤地把他带到伯纳面前，控诉他的恶行。

驴子伯纳了解事情的经过后，非常生气地对列那说：“亏我还把你当成朋友！你就是为了这个来我这里的吗？看你那残忍的手段，太让我失望了！赶紧离开我这儿！”

列那却毫不在乎地说：“别着急，伯纳，您听我慢慢说。”

伯纳生气地说：“你还有什么话说？”

列那仍在为自己争辩：“我发誓，我的肠胃确实不习惯素食。吃了这只母鸡后，我肚子饱了，肠胃也舒服多了。可我的良心却受到了深深的谴责，为此我感到十分难过。请您再给我一次机会吧，我一定会为自己所做的一切深深忏悔。”

列那说得天花乱坠，可不管他怎么说，伯纳都不为所动。伯纳不再相信列那，认定对方已无可救药。

于是，伯纳决定立刻把列那赶出去，并表示永远不会再欢迎他的到来。

列那遭到严厉的拒绝后，只好离开了伯纳家，回到马贝渡去见自己的妻儿。

阅读与感悟

列那贪婪、残忍的本性无论在哪里都改不了。伯纳好心收留了他，最后还是把他赶走了。动物们都会遵从自己的天性，就像狮子喜爱群居，老虎喜爱独居，这是天性。所以，列那喜欢吃肉的本性根本改变不了。

第十六章　宫中的审判

阅读与思考

动物王国的国王准备召开大臣会议，这次会议是想解决一些大臣之间存在的问题。那么，国王是想审判谁呢？又为什么要审判他？

春天，伴随着温暖的阳光，在大家的期盼中到来了。一望无际的平原和绵延起伏的山岗上都铺满了绿草和鲜花。春风轻轻地吹拂着树枝，鸟儿站在嫩绿的枝头欢快地歌唱。这是一个充满希望的季节。

动物王国的国王雄狮诺勃勒决定召开一年一次的大臣会议，对一年中的违法乱纪者进行惩罚，对遵纪守法者进行表扬，以此来惩恶扬善，维护森林秩序。

听说，狮王诺勃勒想通过这次会议解决一个做了许多坏事的男爵的问题。

狮王打算彻查此事，若情况属实，便对此男爵施以相应处罚。

狮后菲燕儿生性自负，她一向十分欣赏这个男爵，认定是有其他势力故意构陷，纯属无中生有。

狮王身为国王，处理过很多的事情，经验丰富，且很冷静。他对狮后说："即便只是谣传，也要调查清楚。"狮王之所以这么说，是因为他太了解自己的大臣们了。他们行事有时不够光明磊落，常常为谋取私利而干些坏事，甚至胡作非为，对正直之士进行打击报复。

狮王正想通过这次会议整顿王国中的不正之风。为确保大会如期举行，会议通知早就由蜗牛泰尔迪发出去了。

泰尔迪很负责，他风雨无阻地走遍森林的每个角落，将狮王要召开大会的消息传达到每家每户。大家都期待着会议召开的那天。

这一天终于到了。大臣们遵从狮王的命令，清晨便从森林各处出发，早早抵达了会场。

狮王诺勃勒威严地坐在大树下的宝座上，狮后菲燕儿相伴身旁。公羊倍令在一旁记录参会大臣的名字。会议开始时，他便向狮王和狮后呈报与会者数量。参加会议的有雄狼叶森格仑、秃鹫莫弗拉、雄鹿白里士梅、狗熊勃仑、野猪波桑、梅花鹿柏拉多、猴子匡特洛、猪獾葛令拜、羚羊缪索、花猫蒂贝尔、小狗古杜瓦、雄牛吕昂等，还有来视察会议的骆驼。而公鸡向特格雷和狐狸列那则一直都没有出现。

大家都认为公鸡向特格雷缺席，定是路上有事耽搁了；狐狸列那缺席，则是因自觉坏事做得太多，想躲避大家的审判。因为在宫中，他的坏点子是无处可施的。

最受狮王尊敬的男爵雄狼叶森格仑率先开口控诉："我要控告列那，他令我多次陷入险境，还趁机迫害我。就拿上次钓鱼来说，他把我骗到结冰的池塘上，害我在寒夜

里冻了整整一夜，尾巴也断了。他还哄骗我剃发、打钟，险些要了我的性命……”

作为列那的外甥，猪獾葛令拜再也听不下去了，说：“陛下，您不能只听他一面之词，应当给缺席的列那一个申辩的机会，不然就太不公平了。叶森格仑，依我看你这是在报复。你也欺骗过我舅舅，让他冒着生命危险给你弄到许多鲜鱼，可最后却只留给他一堆鱼骨头。这又该作何解释？”

狮王和狮后交换了意见，最后狮后说：“因为这点儿小事去争论，没什么意思，更有损王国的尊严。”还想控诉列那的大臣们纷纷闭上了嘴巴，谁也不想惹祸上身。

恰在这时，一支奇特的队伍出现在会场。原来是公鸡向特格雷率领着家族成员列队走来。向特格雷走在最前面，身后是互相搀扶着的史勃罗特和潘特姐妹俩，再往后是一副由四只小公鸡抬着的担架，担架上躺着一具覆盖着树叶的尸体。队伍中的每一个成员都边走边哭。

这支队伍一到来，顿时吸引了大家的目光，队伍成员哀伤的情绪感染了所有在场者。大家静静地注视着这支队伍，等待其公布消息。

向特格雷走到狮王跟前，向狮王深深地鞠了一躬，说道："陛下，我家发生了凶杀案，特来申冤。这是一个可恶的家伙干的。陛下您一定要秉公执法，给我们讨回公道哇！

"事情是这样的：我们住在一个漂亮的大庄园里，日子过得很安逸。站在我身旁的是潘特，她可是全国闻名的生蛋能手。潘特还有两个妹妹——这位是史勃罗特，另一位是漂亮的科珀，如今她已躺在那儿，我们再也见不到她美丽的身姿了。那个坏蛋列那闯进了我们家，并以陛下您的名义告诉我们世界和平了，没人会伤害我们。我们听信了他的话，走出了篱笆。霎时间，他就吃掉了我的几个孩子，接着又跳到我们当中咬伤了一大片，可爱的小科珀就这样惨遭毒手。"

向特格雷讲完后便退到一边，小鸡们把那副担架放下来，拨开树叶，让大家看看可怜的科珀。

动物们骚动起来，大家恨透了列那，连狮后也不禁流下了眼泪。潘特和史勃罗特更加悲痛难忍，放声大哭道："陛下，您一定要为我们做主哇！"

大家一起喊道："严惩凶手！严惩凶手！"

狮王站起身，严肃地说："我一定会给大家一个交代的。不过，按法律程序，在宣判之前，应该给被告申辩的机会。谁去把列那给我带来？"狮王问大臣们。

大家都不作声，因为他们心里都明白，这是一个很难完成的任务。狗熊勃仑没有心计，他看周围的动物都不说话，便走上前去，表示自己愿意去马贝渡捉拿列那。

狮王叮嘱他："列那很狡猾，你要头脑灵活些，千万要小心行事。"

勃仑觉得狮王不相信他的能力，带着怨气说："陛下，我一定会捉住列那的，我不会给您丢脸的。"

勃仑走后，狮王他们按照死者家属的要求，为科珀举行了盛大的葬礼。

阅读与感悟

列那捉弄亲戚，伤害朋友，残害弱小，以致大家在狮王面前控诉他的罪行。他的行为让人不由自主地想到"多行不义必自毙"这句古话，人不能一直做坏事，更不能做了错事还不知悔改，一错再错。这种做尽坏事的人一定会落得众叛亲离的下场。

第十七章　狗熊勃仑吃“蜂蜜”

阅读与思考

勃仑被列那骗去吃“蜂蜜”，最后他顺利吃到蜂蜜了吗？

狗熊勃仑踏上了捉拿列那的行程，向列那的居住地——马贝渡走去。

列那自知作恶太多，担心仇家找上门来，就和妻儿把马贝渡伪装起来，以迷惑前来寻找他的敌人。因此，狗熊勃仑费了好大的劲才找到列那的家。

列那刚刚吃完一只又肥又嫩的鸡，正在惬意地睡午觉。忽然，门外响起了一阵沉重而有节奏的脚步声——狗熊勃仑在屋外踱步。他内心犹豫：是粗暴地破门而入，用武力逮捕这个罪犯，还是以礼貌的使者身份，将狮王册封的这位男爵请到宫中？当他看到那扇矮矮的小门时，觉得还是用礼貌的做法要好一些。

“列那，”他喊道，“我是勃仑，奉狮王之命来见你。请你快出来，陛下要我立即把你押送到宫中。”

列那还没有进入梦乡，清楚地听到勃仑在屋外的喊叫声。但他镇定自若，一点儿也不惊慌。当勃仑再次呼喊的时候，列那才回应道：“哎呀，我本打算昨天就去宫中。真对不起呀，我的伙伴，让你辛苦找到这里。可是，我得了一场大病，已经走不动路了！”

“得病？”勃仑不解地问，“你得了什么病啊？”

“唉！”列那装成一副难受的样子，说道，“我们的日子过得一天不如一天，连身体也每况愈下。不过，别的暂且不说，首先得好好谢谢你亲自上门来看我。狮王派了他最得力的大臣来我家里，我感到无比荣幸！”

勃仑站在外面，不禁有些飘飘然。但他忽然想起狮王诺勃勒曾告诫过自己，列那十分狡猾，便立刻清醒过来，以免中了列那的圈套。

列那从床上起来。他没有立刻从大门出去，而是绕过住宅里为逃命和迷惑敌人而设置的一些弯弯曲曲的通道，最后从一扇隐蔽的小门走出去。列那突然出现在勃仑面前，把勃仑吓了一跳，愣了半天才缓过神来。

“勃仑！我的好朋友，欢迎你的到来！”列那说，“我已经准备好了，可以跟你上路。能和你一起旅行，我感到很荣幸，尽管我仍不舒服。”

“你到底吃了什么，竟得了大病？”狗熊勃仑礼貌地问。缓过神来的勃仑觉得列那似乎没那么狡猾，反而显得可怜，决定以礼相待。

“蜂蜜！”列那回答。

“蜂蜜？”勃仑吃惊地叫起来。

“是呀！我真不理解为什么有人会对这种讨厌的东西那么感兴趣。我以后宁愿挨饿也绝不再吃这种东西了。”

“你不喜欢蜂蜜？”勃仑一脸困惑，“那可是最好吃的食物哇！若能吃到它，让我做什么都行。”

“那么，亲爱的勃仑，”列那奸笑着说，“你真的喜欢吃蜂蜜吗？我知道一个地方，那里的蜂蜜多得很，你怎么吃也吃不完。”

“那就快走吧，我想马上吃到香甜的蜂蜜！”勃仑早已把狮王的命令给忘了。

“可是，你不是要带我去见狮王吗？”狡猾的狐狸装腔作势地说。

“狮王可以再等一会儿嘛！何况，我亲爱的朋友，我愿为你辩护，我会支持你的。依我看，那些控告你的家伙都在说谎，他们是想陷害你。你快带我去尝尝那诱人的蜂蜜吧！”勃仑迫不及待地说道。

列那领着狗熊勃仑出发了。他们朝着一个名叫朗夫瓦的富裕农民的田庄走去。列那曾给这个农民设过几个圈套，所以对这个农民的田庄情况很熟悉。天快黑的时候，朗夫瓦已经回家了，田庄上一片寂静。

列那和勃仑走到朗夫瓦砍下来准备拿出去卖的一堆大树干前。一段大橡树的树干上有一道长长的裂口。为防止裂口合拢，朗夫瓦在裂口的两端分别打入两个楔子。

“你要的蜂蜜就在这儿。”列那用手指了指那段树干，语气温和地说，“这个裂口中藏着很多蜂蜜。只要你把嘴伸进去就能吃到，而且越往里伸，吃到的蜂蜜就越多，因为蜂蜜都藏得很深。”

勃仑十分贪吃，为了吃到美食，再危险的地方他都愿意去。他高兴得手舞足蹈，没等列那把话说完，便将脑袋伸进树干的裂口里，接着又把肩膀挤了进去。列那见状，连忙拔出裂口两端的楔子，打算好好捉弄一下这头大狗熊。

“快吃吧，我亲爱的朋友！”列那嘲笑着说，“可别吃得肚子痛，像我一样大病一场啊！我就在附近等你。等你吃完了蜂蜜，我们再一块儿到宫中去。”

勃仑被死死地卡在了裂口里。没等列那说完，勃仑就嗷嗷大叫起来。这时，他才知道自己上了列那的当。

朗夫瓦听到叫声，拿着斧子，带着仆人，从屋里冲了出来。列那不甘心就这么空手走掉，便偷了一只肥嫩的母

鸡，准备当晚饭。他想："这头大狗熊应该不会再来烦我了。狮王再也见不到他派出的使者。关于对我的控诉，他们会慢慢淡忘，一切都会顺顺利利地过去。"

列那兴致勃勃地把母鸡带到附近一条清澈的小河边，舒舒服服地坐下来品尝。

忽然，列那看到河中顺流漂来一个庞然大物。"我不是在做梦吧？难道大狗熊勃仑从裂口中和朗夫瓦的斧子底下逃脱了？"

没错，河中的庞然大物的确是狗熊勃仑。只是现在的他已经伤痕累累。"你这是怎么啦？"列那假装很关心地问，"你已经吃够蜂蜜了吗？我正在这儿乘凉等你呢，没想到你来得这么快。不过，你怎么弄成这个样子了？究竟出了什么事？"

狗熊勃仑觉得自己受尽了屈辱和痛苦。此时的他一句话也不想说，只想让自己的身体漂在水中。原来，当听见人们闻声而出时，勃仑用尽全身力气从裂口中挣脱出来。但由于裂口卡得太紧，挣脱后，他就成了列那所看到的模样。他拼了老命，总算摆脱了追击。在列那的嘲笑声中，狗熊勃仑远远地漂走了。这时，他正在思考该如何向狮王交差。

阅读与感悟

没想到负责捉拿列那的狗熊勃仑因为贪吃而上了列那的当，还差点儿丢掉性命。由此可见，贪吃并非好事。

第十八章　使者蒂贝尔

阅读与思考

勃仑没有顺利把列那带回宫中，于是狮王又派了聪明的蒂贝尔前去。那么，蒂贝尔能把列那带回宫吗？

狗熊勃仑在冰冷刺骨的河水里漂了整整一夜，到早晨时，被冲到岸边。他历尽千辛万苦，终于回到了王宫。

狮王这两天万分焦虑。他知道列那很狡猾，担心勃仑对付不了列那；又考虑抓住列那之后该如何处置，毕竟列那不好对付，一不小心就会被这只狐狸捉弄。因此，他希望勃仑能晚些把列那带回来，好让自己想出对策。

这天早上，狮王正在后花园里散步。花猫蒂贝尔进来报告说："陛下，狗熊勃仑回来了！"狮王先是一愣，接着马上大声说："那就让勃仑带着列那在朝堂上等着我，我马上过去审判！"

"好像只有勃仑自己回来了，没见到列那。"蒂贝尔用有点儿嘲讽的语气说。

狮王一听，赶紧来到朝堂上。见到勃仑，狮王大吃一惊——狗熊的样子太奇怪了。勃仑浑身是水、湿答答的，像刚从水里捞出来一样。宫中的动物都被勃仑的惨状惊呆了：他浑身是伤、灰头土脸，大家都对他抱以同情。

勃仑来到狮王面前，向他作了汇报。当然，勃仑的报告中隐去了自己因贪嘴而误事的经过，将列那的罪状描述得可恨至极："陛下，您看，列那把我害得好惨。他既不招待我，也不理会我传达的命令，还设计陷害我。列那捉弄我，就是对您的不尊敬。他甚至还说，除非您亲自去请，否则不会来见您。从这次经历中，我算是彻底认清了列那的罪行。我费尽周折才逃回来，我们一定要好好惩治这个可恶的家伙。"

狮王听完大怒，严肃地说："放心，他一定会受到惩罚的。不过，勃仑，你现在最好还是去鼹鼠那儿治疗一下伤口。"

勃仑去看病了，狮王又和几个大臣一起商量派谁去捉拿列那更合适。大臣们七嘴八舌讨论着，但谁也不愿意主动接受这个任务，互相推来推去，谁都不想成为"第二个勃仑"。

狮王看见大臣们谁也不愿意主动承担捉拿狐狸列那的任务，心里很不高兴。忽然，他想到了花猫蒂贝尔——蒂贝尔和列那打过交道，双方算是各有胜负。何不让蒂贝尔去把列那带回来呢？

狮王对大臣们说："我认为，这一次我们应该派一个头脑灵活且力气大的使者去捉拿列那。"

公羊倍令说："我看，对于捉拿列那来说，用武力是没有必要的，因为列那也从未显示过力气方面的优势。倒是应该派一个头脑机敏的使者去完成这项任务。可要找到一个比列那更聪明的代表，真是件难事呀！"

小狗古杜瓦马上站出来说："我看花猫蒂贝尔最合适，他非常聪明，论机智不在列那之下。"

狮王也附和道："我的看法与古杜瓦一致，只有花猫蒂贝尔可以和列那较量。"

“陛下，您看我这弱小的身板，怕是很难担此重任吧？”花猫蒂贝尔可不愿接受这个苦差事，他知道列那可不是那么好惹的。

“蒂贝尔，我了解你的情况，但我相信你一定能胜过列那。所以，你要有信心。我必须叮嘱你，列那一贯伪善狡诈，你千万要当心。”狮王诺勃勒为了不让蒂贝尔有推脱的机会，摆出了一贯的威严。

“好吧，陛下，那我只有遵命了。”蒂贝尔无话可说，只好很不情愿地领命。

这是初夏的傍晚，太阳快要落山了。花猫蒂贝尔同样历尽艰难，最终赶到了列那家。

刚到这里，他便看见列那正坐在门口乘凉，海梅琳忙着做家务，两个孩子贝斯海和马勒巴朗士在给母亲帮忙。这是多么温馨幸福的家庭啊！一想到自己要带列那回去接受处罚，蒂贝尔真是不忍心。

“啊，列那！你的生活真幸福哇！”蒂贝尔温和地说道。

“啊，原来是亲爱的蒂贝尔，您最近过得还好吧？”列那一开口便露出他一贯的狡猾，这也提醒了蒂贝尔，他差点儿忘记此行的目的。

“对了，列那先生，”蒂贝尔又变得严肃起来，“我可是有事而来，狮王诺勃勒派我来传旨，要你到宫中去一趟，因为许多动物在狮王面前揭露了你的恶行。狮王一向明察秋毫、公正严明，他说要听听你的辩解。可你把狮王的使者狗熊勃仑弄成那个惨样，我想等到了狮王面前，你也是有口难辩了。”

列那不慌不忙地答道：“这怎么能怪我？是勃仑自己贪吃，又不听我的劝告，他是自找的。再说，要我同勃仑一道前去，我很不情愿。他又馋又懒，实在是没劲。您和他就不一样了，能够和您一同回宫，我欣喜万分。我宁愿从马贝渡通往宫中的路更长一些。”

蒂贝尔并没有被他的甜言蜜语所迷惑，一本正经地说：“那么，我们现在就出发吧。”

“在夜里走？”列那很不乐意的样子，“那恐怕不妥吧。这一带夜里常有坏家伙出没，很不安全。再说，您已经走了这么远的路，吃点儿东西，休息一下，明天一早我们再动身也不迟呀！”蒂贝尔走了一天，确实很疲劳，也想休息一下。

列那邀请蒂贝尔进了马贝渡城堡。餐厅宽敞明亮，屋子里散发着一股诱人的食物香味，然而桌子上摆的却只有水果，既没有鱼肉，也没有鸡肉。

“既然你一片好意，那就明天再走吧。你打算用什么东西来款待我呢？”蒂贝尔十分得意地说。

“您一定听说了，我已经很长时间不吃肉了。恰好，我这里有一些新鲜的水果，是我们准备明天吃的，请您先享用吧。”

列那递给蒂贝尔一块西瓜。蒂贝尔皱了皱眉接过，咬了两口便放下——他不喜欢吃水果。

“列那，你难道只用水果来款待狮王的使者吗？就不能拿来一些母鸡或腌鸡吗？”

“没有鸡肉，我们家只有素食。”列那一副不吃肉食的样子。

“那让我吃老鼠也可以呀！”花猫心里很气愤，露出凶恶的表情对列那嚷道。

“呀！幸亏您提醒了我，我差点儿忘了！”列那一拍脑袋，装出恍然大悟的样子，“昨天我在路上走的时候，听见附近一所大农庄里的人正

阅读与写作

使用动作和语言描写，诡计多端的列那充分利用动作配合花言巧语，声情并茂，让蒂贝尔更容易上当受骗。

在抱怨老鼠泛滥成灾。如若我们能找个洞口进入农庄，到时候您就可以尽情地享用美味的老鼠了，这也算帮了农夫一个大忙。”

列那确实没有骗蒂贝尔，那个农庄真实存在，也的确有个洞口。只不过这洞口是列那亲手挖的，他曾利用这个洞口从农庄偷出许多食物。其实，列那从农庄里偷东西的事早就被农民的儿子马丁尼察觉。马丁尼只看到食物在一天天减少，却不知是谁干的。因此，在发现洞口后，他便在那里设下个机关。列那已经知道那个洞口被设了机关，却向蒂贝尔隐瞒实情，只为让蒂贝尔相信自己，主动跳进这个圈套。

“哈哈！是吗？那你也不用在家款待我了，我们现在就去那个农庄。”花猫一听列那这么说，就一心想着美食，忘记要警惕狡猾的列那。

于是，列那领着蒂贝尔去了那个农庄，找到了那个洞口，对蒂贝尔说：“就是这里，您进去吧，慢慢享用！”当蒂贝尔将头伸进洞口，准备钻进去的时候，他的脖子被一个东西套住了。

“列那，救命，救命！”蒂贝尔拼命地呼叫。

这叫声没有把列那喊来，因为他早就跑得没了踪影，倒是惊动了农庄里的人。

“原来是这个家伙偷吃我们的东西，抓住他，快！”一群人，有男有女，有老有少，都手持棍棒奔到谷仓。

脚步声和喊打声越来越近，蒂贝尔知道自己一旦落入他们手里，性命就难保了。他咬紧牙关，强忍疼痛，用尽全身力气猛地往后拽头。终于，他将头从洞口中抽了出来，只是脖子上的皮毛被蹭掉一大块，眼睛也受了伤，眼角渗出鲜血。

蒂贝尔拖着受伤的身体，终于从那群人手中逃了出来。但他已经伤痕累累，还差点儿失明。

蒂贝尔本来想大吃一顿，结果不仅没吃到老鼠，还受了这么严重的伤。他几次想去马贝渡城堡谴责列那，讨回公道。可他既不知道该从哪个方面谴责列那，也害怕列那已经做好准备，自己会再次遭到狐狸的戏弄。蒂贝尔满心愤怒和委屈，却无处发泄。无奈之下，他只好躲在草垛子里，忍着伤痛熬过漫漫长夜，打算天亮后再回王宫向狮王交差。

当蒂贝尔血淋淋地回到宫中，狮王大吃一惊："一向机灵的蒂贝尔居然也被列那戏弄了，太可恶了！"

当花猫蒂贝尔向狮王诉说完自己的遭遇时，狮王诺勃勒异常愤怒。他大喊道："勃仑、蒂贝尔，我的使者一个个受到列那的陷害，我看用不着审讯了，可以直接处死他！谁愿去处置列那，我必重重奖赏！"其他大臣惊恐不已——连花猫蒂贝尔都受了伤，他们更不敢接这个任务了。

猪獾葛令拜又不失时机地进言："我看事不过三，再给列那一次机会，让我再去一趟。如若仍不能将他带回，再杀他也不迟。"

狮王身居王位，不能感情用事，必须保持理智，维护法律的公正。况且猪獾葛令拜是列那的亲外甥，也许真能将列那带回来。于是，狮王点了点头，猪獾葛令拜便踏上了前往马贝渡的路。

阅读与感悟

聪明的蒂贝尔听信了列那的花言巧语，最后也落得个仓皇逃走的下场。正所谓"忠言逆耳利于行"，忠告的话语或许不好听，却对我们有益，而花言巧语往往只会带来伤害。

第十九章　葛令拜到访

阅读与思考

葛令拜能把列那带回宫吗？列那会像捉弄勃仑和蒂贝尔一样捉弄葛令拜吗？

为了解救自己的舅舅，葛令拜不敢怠慢，一路飞奔，终于在傍晚赶到了马贝渡。

列那听说葛令拜来了，起初以为他是被迫来捉拿自己的，于是连忙谨慎地闩紧大门。

葛令拜并没有生气，而是急切喊道："舅舅，请开开门！我孤身前来，是专程来帮助您的。请相信您的外甥，我有重要的事情和您说。"

列那一听这话，便打开了门，装作亲切的样子和葛令拜拥抱。列那说："好外甥，我们还是先去吃饭吧。海梅琳正好给我们准备了几只腌鸡，那是按祖传方法腌制的。我们先尽情享用一番，然后边聊天边休息吧。"

葛令拜本该遵照狮王诺勃勒的命令，毫不拖延地把列那带到宫里，可一听说有腌鸡吃，便把任务忘得一干二净。

腌鸡味道确实绝佳，海梅琳的厨艺也得到了他们的称赞。等舅甥俩吃完饭，葛令拜便切入正题。

葛令拜向列那详尽地分析了利害关系：“小动物们提出的申诉，狮王都已经知道了。向特格雷甚至抬着科珀的尸体向狮王控告您。您的所作所为令狮王很气愤，他已经决定要处置您。再加上狗熊勃仑和花猫蒂贝尔被您害得那么惨，您真的处于不利的境地呀！”

葛令拜又说：“舅舅，您应当去王宫替自己辩护一下。

“您越是拖着不去，他们背地里说您的坏话就越多，这些控诉会把您压得喘不过气来。

“狮王一开始对您还有些好感，可听了太多坏话，现在甚至想处死您！您再不去，恐怕就真的不行了，我们还是赶快上路吧！到时候我会为您辩解的。”

列那觉得猪獾葛令拜的话有些道理，便说：“啊，我的好外甥，我完全理解你的一片好心。好吧，让我们好好休息一个晚上，天一亮就立刻出发，如何？”

葛令拜心里很清楚，强迫是没有用的，只好同意等到天亮再走。

这天晚上，猪獾葛令拜在狐狸家度过了一个温馨的夜晚。

列那和家人非常相亲相爱。列那还向葛令拜讲述了他的两个大孩子的勇敢故事，并夸奖他们将来一定很有出息。

列那的大儿子贝斯海已经能够袭击母鸡，勉强可以独自捕食了；二儿子马勒巴朗士已经能勇敢地跳入河里，抓住一只活蹦乱跳的小鸭子了。

列那刚出生不久的小儿子罗塞，这时正躺在母亲的怀里玩耍。看他那机灵调皮的样子，将来想必不会比两个哥哥差。

贝斯海、马勒巴朗士还和葛令拜玩了一会儿，他们很喜欢葛令拜这个表兄。

葛令拜羡慕地对列那说："舅舅，您的家庭多么幸福哇！孩子们很快也能和您一起捕猎了，您该多么高兴啊！"

"是呀！他们慢慢长大了。现在夜深了，我们睡觉吧，明早还得赶路呢。"说完，葛令拜就去休息了。一路奔波劳累，他很快就打起了呼噜。

猪獾葛令拜睡熟后，列那来到海梅琳身边说："亲爱的海梅琳，明天一早我就会和葛令拜去王宫。我可能会被扣留一段时间，你别担心。我准备尽力申辩，直到获得自由。

"家里的食物应该够吃几个月了，但还是让贝斯海和马勒巴朗士再去打一些猎物回来备着，也许有一天我们需要躲起来一段时间以逃避灾难。我要离家很久，你一定要照顾好自己和孩子们。"

海梅琳温柔地说："你在外面照顾好自己的身体，全力为自己申辩。到了王宫，他们很容易对你发起攻击，你一定要多加小心。我会照顾好家里和孩子们，不用担心，我们会在这里好好等你回来。"

第二天一早，列那和妻儿告别后，便和葛令拜上路了。

在路上，列那对葛令拜忏悔道："的确，我犯过许多小错误，理所当然要受到惩罚。可那都是为了生存，我也是没有办法呀。我和舅舅叶森格仑开过一些玩笑，产生了些恩怨，但这些都已经算清了。而且我这样做只不过是为了弄点食物。我们不都是在斗争中生存下来的吗？如果你不是强者，就要学会应变和捕猎的本领，否则根本无法生存下去。动物世界的生存是残酷的，这是现实。

"当我为了能活下去而与其他动物打交道，尤其是和亲戚朋友相处时，也许我能够表现得比较随和、友善，并且尽量不去招惹麻烦。可有时候，诱惑实在太大了，我就顾不了那么多了！葛令拜，我也是身不由己啊！

阅读与写作

使用语言描写，充分说明列那的能言善辩，也为下文他再一次迷惑葛令拜作铺垫。

“但是，说实话，我对世界上的尔虞我诈、弱肉强食实在厌烦透了。即使狮王不惩罚我，我也打算远离这个是非之地，隐居起来，过平淡的生活，不再吃肉，以树根和水果为生。”

葛令拜说：“您能够这么想，我从内心里高兴。我可以肯定，您这样反省自己，必然能够改变狮王对您的态度，并得到他的谅解与宽恕。他一定会被您的诚意所感动。”

在一个十字路口，葛令拜迷失了方向，不知该往哪条路走。

列那指着右边的路说：“走这条路，我很熟悉，风景也好。而且我知道离这里不远的地方有一个农庄。”列那知道，那个农庄里有个养鸡场，他曾多次去那里偷鸡。

而对于这些，葛令拜并不知情。于是，葛令拜想都没想，就跟列那走了那条路。

一路上，列那继续给葛令拜讲自己以后的愿望和计划，仿佛他要彻底改变自己的样子。葛令拜听了，也对舅舅的行为深表敬佩和欣慰。

正当猪獾葛令拜要夸赞舅舅的时候，几只母鸡从养鸡场跑了出来，“咯咯”地叫着。在她们后面，一只年轻的公鸡飞奔而来，更是叫个不停。

刚才还在说要弃恶从善的列那，见此情景，再也按捺不住。这个善于伪装的家伙立即现出原形，扑向那只公鸡。公鸡羽毛被抓得四处飞扬，吓得仓皇逃窜。

葛令拜马上阻止了列那这种出尔反尔的行为：“舅舅，您怎么能这样？难道您不能改掉这些习惯吗？难道只要一看见鸡，您就把所有的誓言都抛到脑后了吗？您说了那么多好听的话，行动起来却完全不是一回事，这让大家怎么相信您呢？”

列那说：“对不起，我这都是一时冲动。这是习惯哪，我一见到鸡就想扑过去。葛令拜，请你相信我，我脑子里和心里可确实没打算这样做。”

猪獾葛令拜对列那有些不满，可也不好说什么。

他们继续赶路。之后的路上，风景很美，有绿树、草地、鲜花和小溪。田野上既没有农庄，也没有一只家禽，列那因此没有失态的机会，总算老实安分了些。

列那趁机向葛令拜忏悔，表明自己改正的决心，葛令拜又相信了他。

不久，他俩便来到王宫。此时，列那才觉得心里慌乱不安。他清楚地知道自己的处

境十分危险。

怎样闯过这个难关呢？列那又在想一些坏点子了。

阅读与感悟

俗话说得好，“江山易改，本性难移”，列那吃鸡的本性难以改变。这也说明，有的承诺不过是骗取他人信任的谎言。所以，我们在生活中要时刻保持戒心，切勿轻信他人，谨防上当受骗。

第二十章　列那的申辩

阅读与思考

列那跟着葛令拜到了宫中，他会怎样给自己申辩呢？他以前的所作所为能获得狮王的谅解吗？

当葛令拜带着列那进入王宫的时候，巡探已经把这个消息传开了，王宫中一片沸腾。大家都想看看狮王将怎样审问列那，纷纷争先恐后地跑来，将列那团团围住。

列那见这么多目光聚焦在自己身上，反而傲气地挺直了身板，没有露出丝毫畏惧的神情。

狮王诺勃勒威严地端坐在高高的王位上，一言不发。狮后菲燕儿则没有那么严肃，她面带笑容，坐在狮王身旁，注视着列那走进王宫。满朝文武大臣整齐地排列在朝堂两侧。

列那骄傲地昂着头，走到狮王诺勃勒和狮后菲燕儿的面前。他毕恭毕敬地向狮王行了个礼，装出一副品行完美的样子。

"陛下，"列那说，"我为自己的迟到表示歉意。我是很想早早地来赎罪的，可是这几天，我身体不适，一直不敢上路。但是，请陛下相信我的忠诚。我知道，我对陛下的这颗忠心引起了他人对我

阅读与写作

使用语言描写，表明列那即使在面对威严的狮王时也毫不畏惧，这里既展现了他的无耻，又可以看出他的镇静。

的嫉恨。我的外甥葛令拜在旅途中告诉我，那些心怀不轨的造谣者已然迫不及待！陛下，我准备在指控者面前据理申辩，以证明我内心的正直与纯洁。”

“列那，你生性狡猾且善于说谎，这一点大家都知道。”狮王尖锐地说，“我不想听你的花言巧语，我要了解的是真相。”

“我的忠诚绝不是语言所能表达出来的。”列那辩解道。

“可你所谓的忠诚体现在哪里呢？”狮王反驳道，“这些天我派了几位使者去找你，可是你把他们弄成了什么样子！”

“陛下，这不能怪我呀！这都是他们自己惹的祸。”列那十分委屈地说，“就拿狗熊勃仑来说吧。他想吃蜂蜜，我把他带到一个有蜂蜜的地方，我想这是应有的待客之道。谁知他却忘乎所以，轻率地把脑袋使劲往裂口里钻，结果就出不来了。这能说是我害的吗？而花猫蒂贝尔，我请他吃晚饭，并决定让他在我家里休息一晚。可是他却独自进了农庄，想在那里尽情地吃老鼠。我怎么知道那里已经安上了机关？这真的和我无关哪！陛下，对他俩来说，馋嘴就是惹祸的根源，不能把罪过都推到我身上啊！”

“但是，你怎么不讲讲你以前干的那些坏事呢！我收到的对你的控告，多得数都数不清了。”狮王说道，“雄狼叶森格仑也揭发了你无数罪状。”

“他这是诬陷我！”列那气愤地对狮王叫道，“叶森格仑是个无耻之徒。过去我一直像对待亲舅舅那样殷勤地关心他。虽然我们之间并不存在血缘关系，但我对他始终友善。倘若我应该受到惩罚，恳请狮王允许我在死之前，和那个家伙一决高下。”

"这个要求当然可以满足你。然而，指控者远不止这些！小狗古杜瓦、麻雀特路恩等，我就不一一列举了，因为实在太多。"狮王怒气未消，"列那，最后一个控告你的是向特格雷。他告发你害死了可怜的科珀，她的坟墓就在这里。更可恶的是，你吃掉了向特格雷的许多孩子。"

"陛下，我承认，我被那些公鸡和母鸡吸引了，这完全是出于我的本能。我是狐狸，我喜爱鸡，我发狂似的爱吃鸡。我承认，没有比咀嚼公鸡和母鸡的肉更快活的事了。

"至于另外一些，那是因为他们贪婪、嘴馋，有时他们甚至是因为运气不好而变得狼狈。如果您因为他们而责备我，这对我来说真的很不公平。"

列那讲完，大家便议论开了，四周响起阵阵抗议声。

这时，叶森格仑走到狮王跟前，说："陛下，列那向来善于狡辩和说谎，我们不要相信他！按照他的说法，他比刚刚出生的羊羔还要清白。可正是他的这些花言巧语，让我们受了欺骗、遭了祸害。"

狮王诺勃勒转过头，怒目瞪着叶森格仑，吼道："难道我连话语的对错都分辨不出吗？我是动物王国的君主，难道连一点儿判断力都没有？"

叶森格仑满面羞愧，不再言语。

“我很明白，你是从自己的得失来责备列那的。”狮王说，“在别的事情上，他仗着自己的力量和智慧犯下了罪行，这是有目共睹的。但是，你自己受到损害，这完全是你本身的贪婪导致的，要怪只能怪你自己！因此，我完全赞同列那的提议，你俩进行一场决斗。我认为，这是目前分辨双方是非的最佳方式。对于列那其他方面的情况，我只有等调查清楚之后才可以做出决断。”

阅读与感悟

列那面对狮王时沉着冷静，凭借花言巧语迷惑对方，从而稍稍改变了狮王对他的看法。而狮王诺勃勒作为国王，居然也被列那的花言巧语所蒙蔽，可见花言巧语如同艳丽却有毒的花朵，看似美好，实则害人不浅。我们平时说话、做事应当实事求是，切不可像列那一样巧言令色。

第二十一章　狐狸与雄狼的决斗

阅读与思考

列那和叶森格仑的决斗结果会怎样？你认为用决斗的方式解决矛盾是正确的吗？

列那和叶森格仑的决斗在宫中举行，动物们都赶过来观看比赛，他们把比赛场地团团围住，都想要亲眼见证这场比赛的结果。

叶森格仑以一身角斗士的打扮傲气出场。而列那的出现让大家颇为惊奇，并引起了一阵骚动——他把头发剃得精光，只露出小小的狐狸脑袋。

雄马费朗和雄牛吕昂承担这场决斗的筹备和指挥工作。

为了给自己助威，叶森格仑特意选了与列那有矛盾的狗熊勃仑、花猫蒂贝尔及公鸡向特格雷做自己的证人。

列那则精心挑选了猪獾葛令拜、雄鹿白里士梅、野猪波桑、刺猬埃皮那做他的证人。

在这场决斗中，雄狼叶森格仑原本想在狮王面前炫耀自己的本领，并借此机会杀死列那。可他打错了算盘，狮王的心思并不在决斗上，甚至还有点儿担心列那会有闪失。狮王正想重用这位“才华

出众”的男爵。为此，狮王特命公羊倍令主持列那和叶森格仑宣誓环节，让双方发誓要以公平的原则进行决斗。

决斗就这样开始了。

叶森格仑首先发起了进攻。他力气巨大，攻势凶猛，仿佛任何敌人都会败在他的手下。然而，聪明的列那只是轻轻一躲，笨重的叶森格仑便扑了个空。由于攻势过猛，叶森格仑一下子栽倒在地上，摔得头晕眼花。

这可给了列那进攻的机会。他挥起拳头向叶森格仑头上猛击，打得叶森格仑发出一阵惨叫。

列那得意忘形，早已将面对狮王立下的誓言抛诸脑后，又搞起了小阴谋。他抓起一把沙子，猛地朝叶森格仑的眼睛扔去，又趁叶森格仑闭眼躲闪之际，偷袭了叶森格仑几拳。可怜的叶森格仑已毫无招架之力。

列那觉得自己胜券在握，大声喊道：“快放弃决斗吧，亲爱的叶森格仑，要不你将有吃不尽的苦头。”

叶森格仑毫不示弱，怒喝道：“住口，我才不放弃！”

列那又挥出致命一拳，他本以为这下叶森格仑必死无疑。然而，也许是列那太过自信，这一拳不仅打偏，拳臂还直直伸进了叶森格仑的大嘴里。叶森格仑迅速反应过来，狠狠咬住列那的手不松口，疼得列那大声惨叫。

就这样，由于列那的骄傲自满，即将到手的胜利白白溜走了。

叶森格仑胜利了，列那输了。

动物们见状一片哗然，公羊倍令赶紧将比赛结果告知狮王。

得知决斗结果之后，狮王站起身说道：“他们的纠纷解决了，那么我们开始审理下一个案件吧。”

阅读与感悟

昏庸的狮王出于私心，竟允许列那和叶森格仑用暴力解决问题。我们不能学狮王这种处事方式，以暴力解决矛盾是非常不明智的，我们遇事应当心平气和地沟通。

第二十二章　狮王的判决

阅读与思考

当狮王目睹了列那的恶行时，他做出了怎样的判决？面对狮王的判决，列那想出了什么计策？

在审理列那的案件时，狮王诺勃勒始终下不了决心判列那死刑。

但舆论对列那极为不利，除葛令拜之外，几乎所有的动物都吃过列那的亏，因而都痛恨列那，希望列那被处死。

因此，只要有一个动物控诉，其他动物便会跟着响应。只有猪獾葛令拜和花猫蒂贝尔在角落里一声不吭。狮王和狮后交换着意见，脸上露出犹豫不决的神情，尤其是狮后菲燕儿，更是对列那颇有好感。

列那却像个旁观者，若无其事地站在那儿等待狮王的宣判。

突然，列那感到脚被什么东西碰了一下。他低头一看，原来是老鼠玻勒在不远处，正眨着一对小眼睛看着他。

玻勒亲热地说："列那，事情糟了，他们正打算要你的命呢！"

列那说："好像没那么容易，狮王并没有开口说话呢。"

玻勒好奇地问："你不想办法救自己吗？"

望着玻勒肥嫩的模样，列那的老毛病又犯了，在心里打起了这只小老鼠的主意。他小声对玻勒说：“这可是个天大的秘密，我只告诉你，因为只有你关心我的命运。你要是想知道，就把耳朵贴过来。”

天真的玻勒毫不怀疑地来到列那身边。列那没有犹豫，一口咬死了玻勒。这个情景最先被秃鹫莫弗拉发现，他高声尖叫起来，引起了在场所有动物的注意。大家震惊地看到，列那正旁若无人地吃着小老鼠玻勒，顿时愤怒不已，一致谴责列那犯下的滔天罪行。狮王目睹了这个残忍的场面，暴跳如雷，指着列那说：“我要对你处以绞刑！”

临上绞刑架之时，列那对狮王说，他要给妻子和孩子们留下些遗言。狮王也想知道列那究竟要讲些什么，便示意他开口。

狐狸列那高声说道：“我死后，我所保管的那些宝藏留给我的孩子们。我原本想把这些宝藏献给亲爱的陛下，因为陛下可以用这些宝藏造福王国。可是现在我快要死了，孩子们还年幼，难以独立生活。所以，我决定把这些宝藏留给他们。现在我要把这宝藏的秘密告诉我的妻子海梅琳。”

听到这里，狮王马上打断他：“慢着，列那，你刚才好像说到宝藏，什么宝藏？”

列那装作一本正经的样子，对狮王说：“陛下，其实我一直在保管这世上独一无二的宝藏。我之所以一直没有提这件事，是因为这件事还涉及一些关联者。”

“涉及谁？快说！”狮王着急了。

列那装作痛苦的样子，说：“首先涉及的就是我父亲，还有我的一些亲戚和朋友。就是为了不连累他们，我才一直没有把这些宝藏献给陛下。您可能不知道，我曾经在一个十分可怕的阴谋中保全了您的性命。但是，要我用这件事表白自己，并向陛下告发，我

感到万分痛苦。”

“什么？你说一场阴谋，是针对我们的阴谋吗？”狮后菲燕儿非常激动地问道。

“是呀，就是针对陛下的阴谋。幸亏我破坏了这个阴谋，保全了陛下的性命。”列那说。

狮王诺勒勒生气地问道：“那么，是谁策划了这个阴谋呢？”

列那说：“啊，陛下，我父亲就是主谋之一。说实话，他意外地发现了宝藏，由此引发了一场大祸。这些宝藏是远古遗留下来的无价之宝。我父亲自从拥有了这些宝藏，就变得骄横自大起来。他目空一切，甚至想重新立一位国王，哪怕其才能和品行都不如陛下您，但只要能听命于他就可以了。他相中了那个狗熊勃仑，还让叶森格仑和蒂贝尔在一旁唆使。他们的打算就是先杀死狮王……”

狮后菲燕儿插话说：“天哪！列那，你说的这个阴谋不就是要谋害我丈夫吗？”

列那说：“是的，狮后。他们就是想害死狮王诺勒勒，然后篡夺王位。可是，要实现这一计划，需要很多的资金——既要花钱雇杀手，还要支付推选新国王的各项费用。

“老实说，起初我对这个阴谋一点儿也不了解。有一天，我妻子海梅琳在外面听到了一些传闻，回来后偷偷告诉了我。我妻子也是听叶森格仑的妻子海逊德说的，海逊德不小心泄露了她丈夫的秘密。面对这样一个阴谋，我一时竟不知道怎么办才好。我也是太懦弱了，没能及时向陛下揭发他们的阴谋。

“但是，为了保卫狮王和我的国家，也为了不让我的家庭蒙上不忠之名，我想出了一个办法：切断他们的金钱来源。因为我知道，没了钱，他们就什么也干不了。于是，我想尽一切办法探查宝藏的地点。

“终于，我发现父亲把宝藏藏在了一个山洞里。我选了一个黑夜，把宝藏偷偷地运了出来。父亲和那些同伙因为没有了这些宝藏，阴谋也就成了泡影。不久后，父亲离世。他死后，我痛哭了一场，是我害他丢掉了性命。但是，一想到这样做保全了陛下的安危，我又感到些许安慰。”

狮王认真地听着，显然深受感动。他与狮后菲燕儿简短交换了意见后，对列那说：“你说的一切得有证据才行。你能告诉我宝藏在什么地方吗？”

列那说：“那当然，宝藏是我亲自藏的，我自然知道地点。不过，要是我死了，可就全完了。”

狮王诺勒勒赶紧说：“那个判决是在你向我说这番话之前做出的，但你揭穿了这个阴谋，现在一切都不同了。”

狮王看了看列那，说：“只要我拿到那些宝藏，就能保全你的性命。因为你献出的宝藏，有利于我们动物王国的繁荣昌盛。”

说完，狮王诺勒勒站了起来。他

威严地向四周望了一眼，说："鉴于列那忠诚无私地献出宝藏，现在我宣布，特赦列那。"

阅读与写作

使用了动作和语言描写。"站""望"写出了狮王想看看其他动物的表情的样子；而狮王的话语，则表明，列那的花言巧语已经迷惑了贪财的他，为下文狮王再次上当作铺垫。

狮后菲燕儿微笑着点头，表示同意。

狮王继续对列那说："列那，我这么做，你没意见吧？好了，你献出宝藏，我满足你的要求，快把藏宝的地方说出来吧。"

列那摸了摸自己的脖子，轻松地说："陛下，对于这件事，我想还是慎重些好。如果让宫中的朝臣都知道了，恐怕不太好吧？"

列那向四周望了一眼，说："花猫蒂贝尔、狗熊勃仑和雄狼叶森格仑都想把宝藏据为己有，若是让他们知道了，也许会造谣中伤，说一些对您和我都不利的话。"

狮王说："对，列那，你想得很周到。不过，我还是想进一步了解宝藏的情况。要不，我派一位大臣与你同去，取回一些真凭实据？"

"那最好不过了。但为了安全起见，应该派三位大臣和我一起去，这样更妥当。"列那说。于是，狮王就命令公羊倍令、兔子兰姆和驴子伯纳，用布袋装回列那所说的部分宝藏。

阅读与感悟

列那利用狮王的贪婪保住了自己的性命。狮王被列那的花言巧语骗了。在生活中，我们要做一个正直的人，不要让坏人有可乘之机。

第二十三章　寻找宝藏的路上

阅读与思考

列那、倍令、兰姆和伯纳在寻找宝藏的路上发生了什么？经历了一些事以后，他们是否都安然无恙？

叶森格仑和狗熊勃仑还在等着狮王处死列那，他们以为这次列那死定了。叶森格仑等了好久，也不见狮王宣布绞刑开始。

这时，乌鸦田斯令急急忙忙飞过来大声说："狮王赦免了列那，还非常宠信他，他们正拉着手交谈呢！我看大家还是快跑吧，要不被送上刑场的就是我们啦！"其余小动物一听，赶紧逃回了自己的家。

雄狼叶森格仑、狗熊勃仑和花猫蒂贝尔半信半疑，决定去刑场一探究竟。到了那里，他们发现列那正与狮王、狮后相谈甚欢，驴子伯纳、公羊倍令、兔子兰姆也围在一旁聆听。

叶森格仑一见这个场景便愣住了，他不明白为何在这么短的时间内，事情竟发生了如此大的变化。花猫蒂贝尔知道列那又一次逃脱了，赶紧溜走。勃仑和叶森格仑见蒂贝尔溜走了，也各自转头溜回家去了。

遵照狮王的安排，列那和三位大臣踏上了寻宝之路。

列那领着他们走了整整一天。天将要黑的时候，倍令停了下来——他实在不想再走了。

列那说："好吧！这附近住着叶森格仑的弟弟普里摩，我与他也曾有过一些'交情'，或许他能接待我们。"于是，他们去了普里摩家。

普里摩家的大门敞开着，列那探头往屋里看了看，发现没有任何动静。于是，列那带着倍令、伯纳和兰姆径直走了进去。他们一进屋，列那便迅速关上大门，从里面将门锁插紧。

列那说："我们可以好好睡上一觉了。"随后，他们在普里摩家中大肆吃喝，把所有的食物都拿出来品尝。

不一会儿，普里摩夫妇回来了——他们只是出去办点儿事情。回来后，他们看到门锁得紧紧的，十分吃惊。

普里摩把妻子举起来，让她越过墙头往屋里看，只见列那、倍令、兰姆和伯纳正在里面又唱又叫，屋子里一片狼藉，地上扔着他们吃剩下的食物。

她气愤地对丈夫说："是列那带着驴子伯纳、公羊倍令和兔子兰姆，把我们家搞得乱七八糟，还把我们的食物都翻出来吃了。"

普里摩也很生气："可恶的列那总是欺骗我的哥哥，现在又跑到我家捣乱，我一定要好好教训他。"

普里摩的妻子说："列那他们在屋里，真是天赐良机！咱们来个'关门打狗'，叫他们一个都跑不了，这样咱们就可以报仇了。"

于是，普里摩向门内喊道："列那，开门吧！"

屋里的歌声戛然而止，但是等了许久，门依旧紧闭未开。

普里摩又叫道："余下的都给我听好了！但凡与我仇敌列那搅在一处的，都将受到惩罚！"

伯纳和兰姆听见普里摩的喊叫，早已吓得倒在了地上，不敢再说话。倍令也是一副惊恐的表情，呆呆地站在那里。

> **阅读与写作**
> 使用动作描写，生动形象地表现了伯纳和兰姆的胆小，和下文列那的镇定形成对比。

列那却很镇定地说：“别怕，只要你们都听我的，我敢说完蛋的是普里摩。”

“我们要怎么办呢？”他们迫不及待地问。

列那怂恿伯纳、倍令和兰姆，一起害死了普里摩。普里摩的妻子见丈夫丧命，伤心至极，想和他们拼命，却担心自己不是对手，只好去找帮手。

他们趁机偷偷溜走，可没跑多远，就看见一大群狼从后面追了上来。

这时，驴子伯纳和公羊倍令都跑不动了，站在那里直发抖。列那见状，看了看四周，发现前面刚好有一棵大树，便说道：“快往树上爬！越高越好，这样他们就抓不到咱们啦！”

“但是，我不会爬树哇！”伯纳大声喊道，倍令也同样不会爬树。

兰姆说：“如果你们允许的话，我先躲进树洞里。天亮后，你们再回来找我。”说完，他便钻到洞里去了。

列那笑着对倍令与伯纳说：“我知道你们不会爬树。但现在为了活命，好歹要试一下。我来给你们做示范吧！”说完，他敏捷地爬上了树。伯纳与倍令也勉勉强强地跟着爬上了树。

狼群追到树下就停了下来。他们刚才明明看见列那一行就在前方不远处，怎么一转眼就都不见了呢？狼群左顾右盼，愣是没发现列那一行就躲在树上。

当狼群正在商讨去哪儿寻找仇敌时，公羊倍令与驴子伯纳都有些站不住了。伯纳稍稍挪动了一下身子，便从树上摔了下来，一下压死了两只狼。紧接着，倍令也站不住了，掉下去时同样压死了一只狼。

其余的狼看到这个场面都吓坏了，纷纷仓皇而逃。

随着狼群逃窜，列那一行终于成功脱险。

但伯纳却不满地说：“我厌烦这样的旅行了。这不是我应该做的事，也不符合我的身份，我决定回去了！”

于是，驴子伯纳放弃了寻找宝藏，转身回自己家去了。

如今，只剩兰姆、倍令和列那继续踏上寻找宝藏的旅途。

阅读与感悟

在寻找宝藏的路上，列那一行闯进普里摩家，不仅随意翻出食物大吃，还把屋子弄得乱七八糟，这真的是一群坏家伙。我们去别人家做客时，一定要爱护他人财物。

第二十四章　兰姆成为列那的早餐

阅读与思考

可怜的兰姆太过大意，轻信列那，最终成了对方的早餐。那么，倍令能否逃过一劫？

走了很长一段路，列那一行终于在第二天早上到达了马贝渡。

列那的妻子海梅琳带着孩子们出来迎接列那归来，那场面真是叫人感动。

海梅琳这些天一直守在家里，天天担心着丈夫的安危，生怕他真的被狮王处死。如今看到丈夫平安地站在自己面前，她真是高兴极了！

列那的三个孩子见到父亲回来，也很开心。他们立刻扑到列那的怀里撒娇，列那十分高兴。

列那一家对公羊倍令和兔子兰姆表示了热烈的欢迎。海梅琳非常殷勤地接待这两位客人，并请他们进屋。

可怜的倍令却不敢进屋，上次在普里摩家的经历，他现在想起来还很害怕。他说：“我的头有点儿晕，想在外面呼吸一下新鲜空气。”

列那有些遗憾地说：“好吧，那就随你啦。不过，我们可以在屋外吃饭，让海梅琳把桌椅摆到门外去。兰姆，你可以跟我进去，我已经准备好了一批宝藏，你查验后，就可以带回宫中了。”

兰姆毫不客气，想都没想就进屋了。进屋之后，列那对他的孩子们说：“瞧，我给你们带来了一顿多么美味的‘早餐’哪。”

可怜的兔子兰姆哪里晓得，列那所谓的“早餐”就是自己。他还以为列那给他准备了什么好吃的，正东张西望呢。

列那此时露出了狰狞的面目，扑上去一口咬死了兔子兰姆。

没多久，列那悄悄走到屋外，踱步到倍令身旁，说道：“我们先吃早饭吧。兰姆说他太累了，不想吃，想睡一会儿，这会儿已经睡着了。我们把他那份留着就行。”倍令听了也没多想，便和列那一家共同吃了早饭。

列那一家对公羊倍令照顾得非常周到，

倍令还夸赞海梅琳的厨艺好。

列那一个劲儿地夸赞倍令是狮王身边最能干的大臣，这让倍令十分高兴。

不过，倍令在这里依旧保持着谨慎。他打算在天黑前赶回王宫，便将这个想法告知列那，同时催促列那把要呈给狮王诺勒勒的宝藏尽快拿出来。

列那走进屋子，取出一个布口袋。

他对倍令说："给陛下的东西全在这个口袋里。兰姆刚睡醒，看着我把口袋包好。他说自己还很累，不想走，让我转告你先动身，他很快就能赶上。"

倍令好奇地说："列那，我想问一句，这里面到底是什么宝藏啊？"

列那答道："这里面是罕见的珍宝，狮王见了一定会很开心的。倍令，为了让你在陛下面前得到褒奖，你向陛下报告时就说'这些东西是列那完全按照我的意思办的，是我让他这么做的'。"

倍令听了十分感激列那，为有这样"讲义气"的朋友感到高兴。

列那叮嘱道："但是，我亲爱的朋友，在你到王宫之前，绝不能在半路上打开这个口袋。否则丢了东西，这个责任你可承担不起呀！"

倍令郑重承诺："列那，你放心好了。我一定原封不动地把宝物交给狮王。"

阅读与写作

使用语言描写，列那说的这番话让倍令深信不疑，可见列那能言善辩的本领十分厉害。

倍令是一个实在的家伙，真的按列那的说法做了。想到将独自把贵重物品带回王宫，他心中满是骄傲与自豪。

倍令非常开心地辞别了列那一家。临走时，他还嘱咐列那："请告诉兰姆，让他尽快回宫，不要耽搁太多时间。”

列那暗自好笑，却故作诚恳地说：“放心吧！他会很快赶上你，和你一起到达王宫的！”

阅读与感悟

列那回到家后，将兰姆骗进屋里杀害，随后打发倍令回宫向狮王汇报情况。正所谓“害人之心不可有，防人之心不可无”，单纯的兰姆对列那毫无防备，最终沦为对方的早餐；而公羊倍令始终谨小慎微，才得以逃过一劫。出门在外，自身安危至关重要，我们要对陌生人保持警惕，不可轻易相信他人。

第二十五章　宝藏不见了

阅读与思考

列那所谓的宝藏是真实存在的吗？倍令带回来的宝藏为什么不见了呢？

就这样，毫不知情的倍令独自带着宝藏走在回宫的路上。

狮王诺勃勒和狮后菲燕儿早已等得不耐烦，想尽快看到那些宝藏。这时，蜗牛泰尔迪匆匆跑进来，禀报道："使者倍令已到宫外！"狮王和狮后一听，下意识站起身想出去迎接，但又觉得这样有失尊严的举动似乎太显眼了。于是，狮王诺勃勒重新坐下，并示意狮后菲燕儿也坐下来。

没多久，倍令走了进来。因为走得有点儿急，到了之后他先歇了歇、喘了口气。随后，他走上前去，恭恭敬敬地向狮王和狮后行礼，接着赶忙把口袋递给了狮王。

"怎么就你独自回来了？兰姆呢？"狮王接过口袋问倍令。

"他应该和我同时到达这儿的，陛下。"倍令说，"真奇怪，他怎么没有赶上我呢？"

"列那对我很好，招待得很周到。"倍令继续说，"这里面的宝

物是列那遵照我的意思装进去的。他很尊重我的意见，我尽了最大的努力完成了陛下交代的任务！”

狮王打开口袋，立刻惊叫起来，狮后菲燕儿也吓得面如土色。

兰姆的头颅就在狮王手里。倍令怎么也没有料到，自己带回来的竟是兰姆的头！他吓得说不出话来，默默地站在一旁。望着兰姆的惨相，他简直不敢相信眼前的一切，直到此刻才明白，自己被那可恶的狐狸骗了。

狮王很快冷静了下来。“这是列那交给你的口袋吗？”狮王厉声质问倍令。

“是……是的，陛下。”倍令吞吞吐吐地说。他刚才把功劳都揽在自己身上，这会儿没法为自己辩解。

“为什么你说列那是按照你的意思装的宝物呢？难道是你让他杀死兰姆的吗？”

“不……不……不是的，陛下。”可怜的倍令结巴起来。最终，他还是吞吞吐吐地把事情的经过从头至尾说了一遍。

当他说到兰姆和列那一起走进屋子，自己独自留在门外时，狮王诺勃勒缓缓摇了摇头：“别说了，我已经知道是怎么回事了。”

列那又犯了一项罪：他杀死了狮王的使者——无辜的兰姆。可怜的兰姆对列那毫无防备，满心信任与亲近，却遭这只无情无义的狐狸杀害，沦为其早餐。列那竟还将兰姆的头颅交给公羊倍令，让他带回王宫，把自己行凶的证据当作宝藏献给狮王。这简直是不把狮王的使者放在眼里！可该如何处理这件事呢？如果要问大臣们的意见，他们肯定会说处死列那。可若是现在就杀死列那，宝藏之谜便再无破解的可能。得不到这些宝物，狮王满心失落，狮后同样陷入沉思。她不甘心那些本应到手的珠宝就这样没了，要知道她一直梦想着能拥有很多美丽的珠宝首饰呀！

狮王在苦苦思索，他想，也许列那是不舍得交出宝藏。无论如何，他都要得到这笔财富。

倍令被吓坏了，仿佛成了一块木头，不知道狮王会怎么惩罚自己。他现在开始羡慕驴子伯纳了，早早离开是明智的——列那实在是诡计多端！过了许久，狮王诺勃勒终于站起身。倍令以为狮王要惩罚他，因此站在那里浑身发抖。

狮王说：“没有必要再说什么了，明天一早我们就去马贝渡，看看那只狐狸怎么说！”

这个决定如同一根点燃的导火索，瞬间让整个宫廷“燃烧”起来。所有动物，甚至包括列那过去的朋友，都兴冲冲地擦亮武器，做好捉拿列那的准备。

阅读与写作

使用比喻的修辞手法，写出了狮王的决定点燃了大家捉拿列那的热情。

第二天一早，太阳刚刚升起，大队人马就上路了。

狮王让重新受宠的雄狼叶森格仑、狗熊勃仑和花猫蒂贝尔左右护驾。倍令神色尴尬地跟在狮王后面，虽然他没有受到狮王的惩罚，但已失去了狮王的宠爱和信任。

紧接着便是狮后菲燕儿。梅花鹿柏拉多、野猪波桑和猴子匡特洛簇拥着她。

随后是雄牛吕昂和雄马费朗。他们肩并肩紧跟在狮王和狮后身后。

其余大队人马手拿武器，情绪饱满地跟在队伍后面前进。

这支浩浩荡荡的队伍跋涉了一天多，终于来到马贝渡城堡附近。

马贝渡城堡里面，充满了温暖幸福的氛围。

列那正陪孩子们在屋外草坪上玩耍。海梅琳则在厨房为丈夫和孩子们准备饭菜。列那家的地下储藏室里存满了食物。

队伍还没有到达马贝渡城堡的时候，猪獾葛令拜就偷偷赶到列那家里，给他报了信。

列那知道消息后赶紧关上门，跟妻儿们一起躲了起来。

自从送走公羊倍令，列那就预料到狮王可能会攻打马贝渡城堡。他带着家人在住宅周围筑起坚固城墙，用以抵御大队人马的进攻；同时在地下修建了几条曲折的密道，直通城堡外远处的山坡，以便在危急时刻逃生。现在，他们一点儿都不害怕，正躲在安全的地方，等待讨伐队伍的到来。

阅读与感悟

列那残忍的行为再次引起公愤。愤怒的狮王决定亲自率军攻打马贝渡城堡，就连列那过去所谓的朋友也纷纷加入捉拿行列，果真是“多行不义必自毙”。

第二十六章　攻打马贝渡

阅读与思考

狮王带领队伍前来攻打马贝渡城堡，这一仗会顺利吗？列那会让他们轻易攻下马贝渡城堡吗？

在列那的城堡前，狮王诺勃勒率领队伍停下脚步，开始仔细观察。显然，这只狡猾的狐狸早已做好了准备——他不仅加固了城堡，还在城堡外面修筑了坚固的围墙。

狮王召集大臣们商议对策，大家觉得除了围攻，恐怕是没别的办法了。于是，狮王下令，就在马贝渡城堡的附近安营扎寨。

围攻开始了，战斗非常激烈。一队队士兵冲向围墙，却被墙上砸下的石头、木头砸伤，只好退了回来。

尽管形势不利，狮王仍指挥军队紧紧包围城堡，不断发起进攻，可始终无法攻破。

这样的战斗进行了三天，他们仍然没有攻破城堡。

军队驻扎在野外，条件十分艰苦。由于起初没有想到要打这么久的仗，他们并没有准备充足的食物和水。随着伤员不断增加，药品也开始短缺。

列那和家人却在城堡里过着悠闲的生活。不打仗的时候，列那会和孩子们一起玩游戏，教他们新的捕猎手段。妻子海梅琳整日忙里忙外，为一家人准备食物、操持生活，非但不觉得辛苦，反而满是幸福。

反观讨伐大军，士气日渐低落。尽管队伍中不乏报仇心切者持续发起攻击，但大部分成员早已没了斗志，围攻的势头也随之锐减。

狮王也听到了队伍中士兵们厌战思家的言论，可是他实在是太想得到列那的宝藏了，坚持不撤兵。

这天晚上，狮王又发起了一次猛烈的攻击，但还是没有成功。

激战之后，队伍里又多了几名伤员，大家都很沮丧，军营里气氛很沉闷。

由于太累，没一会儿，大家便趴在地上睡着了。狮王和大臣们连日来指挥、督战，也很辛苦，都早早地睡了。

列那却不安分起来，决定趁此机会悄悄跑出来，和狮王玩一玩游戏。

列那带着大儿子和二儿子从地下通道出了城堡，来到狮王安营扎寨的山坡下。进入军营后，竟没有一个哨兵，想来是士兵太过疲惫，都沉沉睡去了，军营里只有雷鸣般的呼噜声。列那在两个孩子的帮助下，把狮王和所有士兵全都用绳子捆在了树干上。随后，列那找了个地方休息，等待天亮之后的好戏开场。

狗熊勃仑和雄狼叶森格仑率先醒来。他们缓缓睁开眼睛，惊愕地发现列那正悠闲地躺在前方树底下。

“列那！快抓住他！”狮王和士兵们相继醒来，赫然发现列那竟混在营地中。他们想拿起武器去捉拿列那，却惊觉自己被捆在了树干上，大家全都气坏了。

列那看到狮王和他的随从们拼命挣扎的样子，不禁发出了冷笑。他说："我看咱们也别用武力了，坐下来好好谈谈吧。为了能谈个痛快，对不起，我事先使用了这种粗暴的方法。陛下，为什么这次要劳您大驾来城堡进攻我呢？我究竟犯了什么罪？难道我们之间还有解决不了的问题吗？"

狮王气得咆哮道："列那！你不要装糊涂了！应该是我来问你，你这个无耻的家伙，我忠心的兰姆呢？他在哪儿？"

"啊，兰姆吗？我正要问你！亲爱的倍令，你不是和兰姆一同上路的吗？"列那镇静地反问倍令，"还有，我递给你的那个布袋，装满了宝石，你难道没有交给狮王吗？"

"真是个无赖！"狮王被气得不知道说什么好。

"无赖！"可怜的倍令像回声一样重复着。

列那装作糊涂的样子，说道："我真不明白，陛下为什么把我当作无赖。难道那些宝石不够好吗？难道狮后不喜欢吗？倍令，你怎么啦？怎么突然变得这么激动？"倍令被气得浑身战栗，却说不出话来。

列那的态度与声调是那么自然，狮王诺勃勒不禁开始反思自己的举动。但他仍质问道："你用奸计害死了兰姆，事后还将他的头颅装入布袋送来欺骗我，实在太残忍了！是你指使倍令把那个布袋带来给我的吗？"

"我叫倍令带给您什么了呀？"列那假装很吃惊地说，"陛下，您怎么不想想，我为何只单单杀死兰姆，而不把倍令一同杀死呢？对我来讲，那样不是更简单些，也可以完全消除眼下的这些麻烦。事实上，是倍令杀了兰姆，趁着死无对证，把我送给您的宝石独占了，他真是太可恶了！"

倍令吓得不知所措，瞪着眼睛说不出话来。狮王也开始动摇了，觉得列那说得确实很有道理。

正在这时，蜗牛泰尔迪睡醒了。他起来一看，发现大家都被捆在树干上动弹不得，以为自己也是一样的境遇。可是，他却意外地发现自己能动，原来列那忘了将他捆起来。

泰尔迪向来行事不慌不忙，于是慢吞吞地挪到伙伴们身边，用锋利的剑，悄悄地割断他们手脚上的绳索。

阅读与写作

缓慢的动作符合蜗牛做事的性格特点，动作描写生动形象。

不多时，大家又恢复了自由。被松绑后，士兵们立刻将列那团团围住，叫嚷着："抓住列那！抓住列那！"他们想要处决列那。然而，这时候狮王对于"列那是罪人"的判断已经动摇——他一心惦记着宝藏，这才是他来找列那的真正目的。为了从列那口中得到宝藏的消息，他抬手示意手下停止围攻，说道："算了吧。从现在起，解除包围，我会依法进一步审理这个案子，有结果便通知大家。我还要回去处理其他事务，这边的事情就暂时告一段落吧。"

列那说："陛下果然英明！我十分感谢您做出如此公正的裁决，我也准备动身了。我受到了不公平的待遇——那些捏造的罪名、指责我对您不敬的诬告，以及城堡受到的攻击，这些都令我非常伤心。我打算出去走走，迫切需要抚慰我受伤的心灵。我想，尊敬的狮王和狮后一定会尊重我的选择。"

列那说得情真意切，几乎要流下眼泪来。狮王和狮后深受触动。狮王听完，对在场者感慨道："现在列那已改邪归正，我已经决定原谅列那。虽然他仍有过错，但是希望你们都能够抱着宽容的态度对待他，因为这是最好的解决办法。列那，你还有什么要求吗？"

列那又装出极为虔诚和认真的样子，慢条斯理地说道："亲爱的陛下，我还有一些小小的要求。我想要得到一些旅途上不可缺少的东西。比如，我需要一个好的背包，最好是勃仑男爵身上的那个；也许我还要一双温暖的半筒靴，最好是我舅舅叶森格仑和舅妈海逊德所穿的那种款式。”

狮王一一满足了他的要求。列那表现出了感激不尽的样子，连声说：“谢谢舅舅、舅妈，穿上你们这样的半筒靴，我走路会更快、更方便，我不会忘记你们的情谊。勃仑，这个背包将永远背在我的肩上，往后每次看到这个包，我都会想起你的。”

对于列那的要求，勃仑、叶森格仑与海逊德没法提出抗议。

列那要告别了，场面很是动人。列那的话说得很动听，狮王把他搂在怀里，宠爱有加。而那些曾经想要除掉他的仇敌，现在都走过来讨好他。

大家表示想送列那一段路程，但都被他拒绝了。因为他怕那些曾遭自己捉弄的家伙会伺机报复，所以坚持独自上路。

实际上，列那根本没有远行。他只是去了一个堂弟家里，待了一段日子就偷偷回家了。

阅读与感悟

狮王一心想要得到宝藏，被列那的花言巧语欺骗，失了公正。古人云：“君子爱财，取之有道。”人们通过正当的途径获取金钱，用来满足自己的需求，是无可非议的，但是不能通过欺骗、偷窃、打劫等非法途径获取钱财。

第二十七章　列那做了大元帅

阅读与思考

狡猾的列那用计策捉弄了狮王，狮王不仅毫无察觉，竟然还要封列那做大元帅。你觉得狮王是个怎样的角色？

光阴似箭，可列那却觉得日子过得很慢。在马贝渡和妻儿在一起的日子虽然很安逸、舒适，却没有宫里那么热闹，也没有宫里那么有趣。

日子一天天过去，列那想去宫里的念头也越来越强烈。但是自他回来后，昔日的朋友早已离散。现在他对宫里的情况一无所知，也不知道狮王对他的看法如何，因此不敢轻易冒险前去。

猪獾葛令拜可能去旅行了。叶森格仑和蒂贝尔也下落不明。

这天，列那的脑子里都是些烦心事，越想越难受，便出门走走。他也感到纳闷儿：为什么这时候的他不能像往常在宫里那样想出一些好办法来呢？

走着走着，他来到一片小树林边，看见狮王正坐在一棵树下打盹儿。不远的地方，一些樵夫正在捆柴。不一会儿，樵夫们丢下绳索吃饭去了。

列那灵机一动，突然想到了一个好主意——他马上拿起一根绳子，小心翼翼地把狮王诺勃勒捆在了树上。随后，他便躲了起来。

过了一会儿，一个樵夫吃完饭回到这里，发觉绳子丢了，感到奇怪，便四处寻找。

就在他向前走的时候，突然瞧见了狮王诺勃勒。樵夫被吓坏了，大叫一声，倒退了几步，喊着救命逃走了。

狮王诺勃勒被喊声惊醒，觉得有些害怕，想站起身来，却动弹不得。低头一看，才发现自己被捆起来了，这下他心里更害怕了。正当他徒劳地挣扎时，看见列那正在不远处的大路上悠闲踱步。

狮王诺勃勒看到列那像是看到了救星一样，他急忙向列那呼喊求救。列那却装出惊慌失措的样子，拔腿就要跑。

“亲爱的列那，我忠诚的臣子！”狮王诺勃勒绝望地大叫，“我遭了大难，快来救我呀！快来把这条捆住我的绳子解开，否则我就要被杀死了！”

“尊敬的陛下，”列那说，“我得先保住自己的命啊！这条命对我来说非常宝贵，我的处境比您还要糟糕呢。我已经听见好些狗跑来了，请允许我向您告辞！”

“亲爱的列那！你不能把我扔在这儿啊！”

“陛下，我全心全意地效忠于您，而您却听信谗言，攻打我的城堡，把我当成小偷和凶手。要是我回到王宫去，不知道您还要用什么手段来对付我呢？”

“我封你为大元帅，地位只比我低一等。我向你保证，以后绝对不听信你仇敌之言，只听你的话。快，快帮我把绳子解开，我听到有人来了！”狮王很焦急地说。

“我不是因为您要封我做官，而是因为您不再听信那些诋毁我的不实之言，我就是舍了性命也要搭救您。”

于是，列那用牙齿一下咬断了绳子。

狮王诺勃勒顾不得任何尊严，仓皇逃跑了。列那紧跟在他的后面。

这样一来，列那被狮王封为大元帅，地位仅次于狮王。

阅读与感悟

狮王为了逃命，竟然封列那为大元帅，这真是太荒唐了。狮王做事没有原则，我们可不能像他一样。

第二十八章　列那分配食物

阅读与思考

列那为什么要分配食物呢？他给谁分配了食物？他分配食物的方式合理吗？

列那和狮王终于松了一口气，想想刚才死里逃生的场面，狮王就不寒而栗。

他说："列那，这次你救了我的命，我不会忘记你的。"

列那说："陛下，这是我应该做的。其实，我一直都是您忠实的臣子。"

他们一边说一边继续往前赶路。当走到十字路口的时候，他们看到叶森格仑正在追赶一只肥美的小猪。

小猪十分调皮机灵，叶森格仑渐渐追不上了。列那见状，急忙从另一条小路绕过去，迎面截住小猪，并将其一口咬死。

狮王赶上来说："列那，你真是棒极了！杀死这只小猪正合我的心意。我刚好饿了，这一回你又为我解决了饥饿问题。"

这时候，叶森格仑也跑了过来，恭敬地向狮王行礼。可是一听到狮王刚才说的话，他就十分反感。毕竟小猪是他先发现的，从猪栏里把小猪骗出后，还追了那么久。于是，他向狮王说出自己的想法：小猪应该归他所有。他原本打算把小猪弄到手后，当天晚上就和海逊德大吃一顿，也完全可以孝敬狮王一份。至于列那，根本不应有份。他认为，列那不过是动手杀了小猪，没理由参与分享！

狮王安慰叶森格仑说："我同意你有分这只小猪的特权。但不知你是否晓得，狮后也很爱吃猪肉，可别忘了她呀！"

叶森格仑一听马上急了——狮后也要来分一份肉，那海逊德吃什么呀？叶森格仑越想越生气，极不情愿地分配起小猪来：四分之一呈给狮王，四分之一献给狮后，肥美的前半身归自己，又脏又腥的内脏丢给列那。

这种分法狮王当然不同意了，可是他已经开口把分配小猪的任务交给叶森格仑，现在也不好再变卦。碍于尊严与地位，他不好意思同手下争辩。于是，狮王吃完叶森格仑分给自己的那份，将分给狮后那份收好，便同列那继续向王宫走去。列那则默不作声地吃掉自己那份。看到狮王很不高兴的样子，列那暗笑叶森格仑的愚蠢。

此时，他们谁也不吱声，只顾向前赶路。狮王因为刚才受到了下属不恭敬的对待，心里还在生着闷气；列那正不停地打着鬼主意，想方设法地讨好狮王；叶森格仑则因为到手的猎物转眼间被分走了一大部分，觉得太吃亏，心里也很丧气。

他们走着走着，看到了一户农庄，正好有一只小牛从农妇的眼皮底下跑了出来。

小牛的妈妈曾无数次叮嘱他，不要单独跑到大路上去，应该听从长者和经验丰富者的劝告。然而小牛却将妈妈说的话当作耳旁风。他天真活泼地跑着，一边晃着大脑袋，一边抖动着细长的腿。

列那一下子扑上去将小牛捉住，叶森格仑几口便把小牛咬死了。

狮王高兴地说："今天真是幸运哪！都是送上门的猎物，小猪、小牛应有尽有。这些肥嫩鲜美的食物，狮后和孩子们可以美美地享用一回啦！列那，这一次由你来分配吧。”

列那当然很乐意啦。他说：“那我就开始分了，陛下。小牛的后半部分应当归您，这是牛身上最好的部位；另外一半分给狮后。叶森格仑舅舅嘛，得小牛的内脏。而我呢，如果您同意的话，就留下小牛的头。”

列那的分法令狮王非常高兴，狮王一边称赞列那，一边讽刺叶森格仑。列那的做法既讨好了狮王，还嘲弄了叶森格仑，这让列那感到痛快极了。

阅读与感悟

列那通过分配猎物来讨好狮王，他真是太有心计了。我们应当做正直的人，不讨好比我们强大的，也不欺负比我们弱小的。

第二十九章　列那给狮王治病

阅读与思考

列那用了什么办法给狮王治病？他给狮王治病的方法有科学依据吗？

列那在返回王宫的路上忧心忡忡。之前，他几乎与王宫里的伙伴们都结下了仇怨。自己做了多少坏事，他心里一清二楚。因此，这次回去，他得事事小心、处处谨慎才行。

列那与狮王一同回到了王宫。

当列那搀扶着狮王现身时，宫殿内爆发出一阵热烈的欢呼和颂扬声，满朝臣属都过来祝贺列那光荣归来。

叶森格仑见谁都炫耀："你们知道吗？列那可是我的好外甥！"蒂贝尔虽然态度略显冷淡，却也同列那客套了几句。公羊倍令和乌鸦田斯令也热烈地欢迎列那回归宫廷。该到场的几乎都来了。

狮后亲切地接受了列那的拜见。当听说列那如何将狮王从死亡边缘拯救出来后，她向列那表达了衷心的感谢。

正当大家庆祝的时候，狮王却突然病了。也许是由于他歇在树下，发现被捆后受了惊，又担心自己会在没有挣脱绳索时被樵夫袭击，后来为了逃难又猛跑了一阵，还吃了两顿过于丰盛的美餐。这些因素导致狮王病得十分严重。

狮后为狮王煎了一碗汤药，让他当晚服用，可惜这药毫无效果。到了第二天，狮王病得更重了，脑袋胀痛难忍。他见自己气息奄奄，感觉大限将至，便伤心地叫倍令帮他准备后事。

动物王国的名医没有一个能治疗狮王这场突如其来的疾病，任何药物都无济于事。那些有名的医生怕治不好病得罪王室，纷纷躲开。狮王没了往日的雄威，狮后因忧虑过度，也顾不上惩罚那些医生。她只想找一个能救狮王性命的名医，至于那些庸医，已没心情跟他们计较了。

大臣们都在宫中，但是有什么用呢？他们对狮王的病都无能为力。俗话说“国不能一日无君”，无奈之下，他们只好计划推选新的国王。

然而，这事太过突然，仓促的选举让众臣意见不一，他们只能不停地讨论。

而列那此时在做什么呢？大臣们都以为列那在外面玩呢！其实，列那现在忙的才是正经事。他正在田野里奔走，为治疗狮王的病寻找有效的药草。他采了好些药草，并按自己的方法进行加工：把一些药草用石头捣烂，滤出汁液；把另一些药草煅烧成粉末。列那整个白天都忙于这些事。到了晚上，他回到宫里求见狮王。

狮王诺勃勒想到自己将不久于世，心中极度烦躁。众臣都围着他，但也无法减轻他的痛苦。他们试图用一些故事和趣闻来给他解闷，但狮王都不感兴趣，他所关心的只有谁能救他的命。

王宫里已经传开了列那在狮王垂死的时候到田野里游逛的消息，到处充斥着对列那的谴责。

列那胸有成竹，知道应该怎样对付。

“你玩得不错吧？”狮王有气无力地问，“阳光明媚，去外面逛逛倒是挺惬意的。我真想去外面逛逛，不想孤孤单单地躺在这里等死！”

“陛下不会死的。”列那回答，“只要吃了我白天为您炼制的药，您很快就能随心所欲地到外面去游玩了。这药是我白天辛苦采回来的，我已经试过几次，它确实有奇效。”

狮王听了这话，顿时来了精神，垂死的他居然从病床上坐了起来。

阅读与写作

使用动作描写，巧妙地说明此时此刻的狮王多么渴望能够活下去，听到可以活命的消息顿时有了力量和精神。

“忠诚的列那，这是真的吗？你为我炼制了药？”

“陛下，”列那说，“先让我检查一下您的身体，然后再决定用哪一味药。我向您保证，过不了几天，您就能完全恢复健康。”

“真的吗，列那？”狮后说，“要是你能治好我丈夫的病，我真是感激不尽！”

列那马上摆出医生的样子，当诺勃勒因疼痛而发出呻吟时，列那就以权威的医生的口吻说：“要是再耽搁一天，那就晚了！”

“陛下，”列那接着说，“我保证能把您治好。当然，您要满足我所有的要求。”

“只要你能把我的病治好，什么条件我都答应你。”狮王说。

“我不是指报酬。”列那说。

列那没有因狮王误解了他的意思而发笑，毕竟情况紧急，没有开玩笑的工夫。朝臣们都站在狮王的周围，忧心忡忡地看着列那的举动。大部分朝臣心中纠结，不知道是不是应该希望列那救治成功。

“我是想说，”列那继续说，“应该给我准备能够恢复陛下健康的一切东西，不管我要的东西怎样离奇。因为只有这样才能治好您的病。”

“你尽管说吧！”狮王说。

“首先，”列那抬头看了看叶森格仑，说，“我需要一张狼皮把您的身体裹起来，使您发汗。”接着，他狡猾地笑着说：“我的好舅舅叶森格仑非常乐意献出他的皮毛。”

此时的叶森格仑吓得浑身发抖。他环顾四周，想找一个出口，但是所有门都关上了。

“我亲爱的叶森格仑，”狮王温和地说，“你不愧是我忠诚的臣子呀，听说你愿意把毛皮大衣借给我，我非常感激！我只用两三天就行了，很快就会还给你的。列那，是不是？”

“一点儿不错。”列那说，“现在正是风和日丽的好季节，我的好舅舅不会因此着凉的。”

“我伟大的狮王，”叶森格仑争辩道，“我请求您别听列那的谎话！列那不是为了治您的病，而是跟我过不去呀！要是我的毛皮大衣真能给您带来好处，不用您开口，我就会主动献给您。可是，现在谁也不能肯定列那可以治好您的病啊！”

“你的毛皮大衣对我来说是必不可少的。”列那冷冷地说道。

“你这个逆臣！”狮王吼叫起来，“叶森格仑，我看你对我缺乏忠诚之心！你拒绝将毛皮大衣献给我，就证明你对我不忠。”

“我看有必要把他抓起来。”列那在一边说道。

可怜的叶森格仑立刻被几只大手揪住了。他们把叶森格仑捆绑起来，抢走他暖和的毛皮大衣后，便放他离开了。列那急忙把这件毛皮大衣裹在狮王身上。

当列那与叶森格仑争吵时，聪明的蒂贝尔就悄悄地溜走了。

蒂贝尔真的很明智，因为下一个确实就要轮到他了。他灵巧地跳到一个很高的天窗上逃走了，谁也没发现他。

“蒂贝尔的皮毛，”列那说，“可以用来盖您的脚……”

可是蒂贝尔早已经不见踪影，任凭大家怎么呼喊都无济于事。每个得罪过列那的大臣都开始瑟瑟发抖，生怕为了拯救狮王，不得不献出自己的皮毛。

最后，列那又要了梅花鹿柏拉多的角和野猪波桑的一颗牙齿。

列那把草药、烧焦的鹿角和捣碎的野猪牙配成粉末，随后让狮王把粉末吸入鼻孔。

狮王连续打了好几个喷嚏，弄得他头晕眼花。列那又在狮王头上进行热敷，最后再用烟熏。经过这样的治疗，狮王感到舒服多了。

“列那，”狮王说，“我还以为你用这些药要害死我

呢。可是现在我觉得病情减轻了，已经舒服多了。”

“我们明天再继续治疗，陛下。不出意外，到第三天您就能完全康复。”

第二天，只有少数大臣旁观列那诊治，列那的仇敌们都吓得不敢露面了。列那便单用草药为狮王调理身体。

到了第三天，狮王果真在列那的治疗下痊愈了。

这次，列那可是立下了大功，一下子成了狮王诺勃勒与狮后菲燕儿眼前的宠臣。

阅读与感悟

列那给狮王治病，还趁机公报私仇，迫害其他动物。有时，谎言被包装得有理有据，让人难以辨别。在生活中，如果遇到欺诈行为，我们一定要仔细鉴别，必要时寻求警察的帮助。

第三十章　列那辞官

阅读与思考

深受狮王宠爱的列那为什么选择辞官呢？列那辞官以后有什么打算？

狮王大病初愈，在病后调养的时期，列那成了他最贴心的臣子。列那给狮王讲了很多有趣的故事，狮王也向列那倾诉了自己的烦恼。这样一来，他俩成了无话不谈的好朋友。

有一天，狮王忧郁地对列那说：“唉，一个国王，要想完全公正地处理事情可不是一件容易的事呀！宫中有忠臣也有奸臣。有时候，同一件事情，各方的说法完全不一样。我虽明白要兼听多方意见，但这并不是一件容易的事。究竟怎样才能发现其中的真相呢？满朝文武，竟没有一个可用之材能帮助我治理好国家。”

列那听着狮王的话，并没有回答。

狮王接着说：“比如说倍令吧，在我眼里他虽算不上很能干，但至少算得上正直。所以，我一直把他当作我的心腹，总是派他去做最重要的事情。我看重他的诚实，谁知道，最后他却为了私利杀了兔子兰姆！”

列那听后，意味深长地说：“陛下，这也不能全怪倍令，毕竟谁也禁不住诱惑呀！”

狮王又说：“到现在我才明白，我身边应该有一个精明能干的帮手。他既要细心，又要机警，能随时发现我身边臣属的阴谋，并及时提醒我，防止我听信谗言。同时，他必须不辜负我的信任，目光敏锐，能一眼看穿任何诡计，并将其揭露。作为狮王，如果能有这样一位得力手下，我的统治会更有权威。列那，我觉得，只有你最适合。我要任命你为大将军，成为我的左膀右臂。你愿意效忠于我吗？”

阅读与写作

使用语言描写，说明此时列那已经完全取得狮王的信任，在狮王的眼中，列那忠心耿耿且有才能。

然而，令狮王惊讶的是，列那竟然拒绝了。

他对狮王说：“尊敬的陛下，我一定做个忠实的臣子，不辜负您对我的信任。可您也知道，我性格坦率，因此得罪了不少大臣，结下诸多仇怨。我担心他们迟早会报复。陛下，诽谤的威力巨大！说不准哪天我就会遭到恶意中伤，被您当作叛徒。那样的话，我会是什么境遇呢？您能保证不会把我送上绞刑架，结束我的生命吗？

“陛下，虽然我想一直陪在您身边，为您赴汤蹈火，但是我也老了，想回去和家人在一起，幸福地安度晚年。

“现在说什么都晚了。陛下，您赏赐给我的官职，要是在几年前，我一定会以无比愉快、感激和兴奋的心情来接受，可是现在……当然，能够得到陛下的赏识，我还是很荣幸的，能够得到陛下的重用，我也是很感激的。但是请您原谅，我不能接受这个职位。”

狮王内疚地说：“列那，你的话让我难过，我后悔没能早一点儿跟你一起干一番惊天动地的事业。我对你了解得太迟了。但是，我决不会放弃留你在身边的念头。这样吧，你可以先回去，和太太、孩子们团聚。等你休息一段时间后再回宫也不迟，但别忘了我一直在等你。”

列那本就不相信任何人，所以此刻他也不相信狮王能靠得住，清楚狮王的宠信难以长久。列那暗自思忖：“如果我现在贸然离去，狮王定会不高兴。一旦惹怒狮王，日后再回到宫中，也许就不受欢迎了。”

可是，一想到在马贝渡和妻儿自由自在生活的时光，列那就无比怀念。他认为，在马贝渡那个小天地里，即便过着冒险和挨饿的日子，也比那些终日伺候狮王的大臣活得更有意义、更有乐趣。

在列那看来，不管是在宫外还是在宫内，仇家都不会放过他，都会找机会报复他。而如果在马贝渡那片自由的土地上，他有把握在任何时候都不会处于下风。

为了不得罪狮王，列那又在宫中待

了几天，说了好多令狮王高兴的话。这让狮王深信，无论列那身在何处，都会忠于自己。

告别狮王和狮后，列那走出宫门，心情轻松多了。因为自此刻起，他终于能够逍遥自在地生活了。

阅读与感悟

列那表面上忠于狮王，实则暗藏私心。我们在人际交往中，不应效仿列那，而应以诚恳之心对待他人，这样才能收获珍贵的情谊。

第三十一章　列那拜访叶森格仑

阅读与思考

在列那的算计下，叶森格仑失去了皮毛。此时列那去拜访叶森格仑，到底是关心他，还是想继续捉弄他呢？

列那踏上了回家的路。

得到狮王暂时的宠爱，列那心里欣喜无比；想到马上要和家人团聚了，更是高兴得难以自持。不知不觉间，他竟跑到了叶森格仑的家门口。

列那刚刚得罪了叶森格仑，这个时候去探望，确实很危险。可这是一种能够引起列那兴趣的生活方式——遭遇些小风险，然后凭机智脱身，多年以来他一向如此。所以，列那觉得，去拜访叶森格仑也不能算冒失。

叶森格仑当然在家，被剥去皮毛的狼早已没了往日的模样。他披着毯子，与妻儿相对而坐，愁闷无比，心里不停地骂列那，对其恨之入骨。

“舅舅，舅妈，我来啦！我刚从宫中回来，狮王让我传话，说他很感激您，会永远记住您‘献皮毛’之恩。”列那不停地重复关于皮毛的事，好像是在故意提醒叶森格仑，看来他这爱捉弄人的性格确实难改。

叶森格仑无话可说，他明白是列那害得自己陷入这般境地。可鉴于列那是狮王的新宠，便没有恶语相加，只是态度十分冷淡。

不肯罢休的列那仍得意扬扬地说：“咦，舅舅，你们竟有这么多上好的火腿，还这么粗心，挂在如此显眼的地方，就不怕招来小偷吗？”

叶森格仑家的灶台上方挂着好几根大火腿，那是他特意留着滋补身体的。

“你太小看我了。我就守在火腿前面，而且烟道是封死的，谁也进不来。”叶森格仑没好气地说。

列那说：“我倒不这么认为，我觉得你应该先把火腿藏好，然后到处宣扬火腿被偷了。这样一来，谁都不会再打火腿的主意了，你们也可以慢慢享用了。”

列那满以为叶森格仑会感激自己，进而送他一些火腿尝尝。可直到吃完晚饭，列那也只能眼巴巴地看着那些诱人的火腿，别说品尝了，连摸都没能摸一下。

列那在返回马贝渡的路上越想越不甘心，随即便折返，再度来到叶森格仑家。趁着夜色，他扒开烟道，偷走了火腿。

当叶森格仑被一阵凉风吹醒的时候，美味的火腿不见了。他抬头只看见了被拆开的烟道。

愤怒的叶森格仑一跃而起，狂暴地大叫起来。那火腿是他补养身体的佳品，如今自己境况如此不好，竟然还有家伙狠心偷走火腿，真是丧心病狂！

阅读与写作

使用动作描写，生动形象地描写出了此时此刻叶森格仑十分气愤、着急的样子。

“要是让我知道是谁干的，我非得惩罚他一顿！”叶森格仑气愤地说。

列那在第二天中午时，又一次大模大样地来到叶森格仑家。

“怎么了，舅舅？你不好好休养，站在门口做什么？”

“火腿，我的火腿被偷走了！”叶森格仑的情绪异常暴躁。

“舅舅，你是说火腿被偷了吗？那我这次算是白来了。我本打算跟你换些火腿回去，因为我向海梅琳描述了一番，她很想品尝一下火腿。我还准备拿十二条大鳗鱼与你交换一小块火腿呢。”

“现在全完了，别说了，列那。”列那开出的条件，更加重了叶森格仑内心的痛苦。

这时，列那突然大笑起来：“舅舅哇，你还骗我呀，你这不已经照我说的办法做了吗？现在火腿肯定万无一失。你的表演已经向大伙证明了火腿不在你们家。可是，你到现在还骗我，看来我只好回去吃鳗鱼了，至于火腿就算了吧。”

说完，列那告别了叶森格仑。

叶森格仑当然没搞清这到底是怎么回事。现在，他不仅想着丢失的火腿，还想着那些没有到手的鳗鱼。

阅读与感悟

列那厌倦了宫中的生活，踏上了回家的路程。然而，在经过叶森格仑家的时候，他又想出了坏主意去捉弄对方。列那明明是罪魁祸首，却装作无事发生，实在是太狡猾了！

第三十二章　列那“辞世”了

阅读与思考

列那好端端的，怎么突然“辞世”了呢？这到底是真的，还是列那的恶作剧？

列那生活得逍遥自在，可是自他辞官后，狮王诺勃勒每天都很想念他。

平日里，无论何事都是列那为他出谋划策，这更让他郁闷不已。尽管觉得列那不识抬举，狮王却深知自己十分需要他，召列那入宫的想法也越来越强烈。于是，他决定再次派一位使者去说服列那回宫。

狮王先郑重地吩咐松鼠卢索：“你告诉列那，他可以随时来去，绝对自由。如果他还是因为离不开家人而拒绝，那你就说，可以把他的妻儿接入王宫，让他们一起伴我左右。”接着，又不假思索地补充道：“你还可以听听他有什么别的要求，尽量满足他。卢索，只要你能够把他带进宫来，我将授予你一枚松子勋章作为奖励。”

松鼠卢索满心欢喜地接受了这个重要任务。他做好了充分的准备，神气活现，如一位钦差大臣般动身了。

可是，王宫里的机密是永远保不住的。卢索还没赶到马贝渡，度假归来的葛令拜就得到了消息，并赶紧告诉了列那。卢索一路马不停蹄，途中始终思考着应该如何劝说列那——万一列那不愿随他回宫可怎么办呢？还没等他想出个办法，便已经到了列那的家门前。

卢索敲着列那家紧闭的大门。许久，列那的大儿子贝斯海才跑来开了门，迎接他进去。卢索摆出了一副钦差大臣的气派，说：“敬请列那爵爷出门接见，我有重要的事情向他禀报。”

贝斯海伤心地说：“哎呀！对不起，我父亲列那不能见任何人了。”

卢索听了摸不着头脑，奇怪地问道：“为什么？出了什么事呀？”

没等对方回答，卢索又急匆匆地补充道：“陛下非常想念他，要他马上进宫，并答应接受他提出的任何条件。无论如何，我得带他一块儿回去才行。”

阅读与写作

使用语言描写，把卢索满腹的疑问直接表现了出来，再加上他不得不带走列那的任务，让他的心情很复杂，巧妙地写出了卢索着急的样子。

“见不到了！”贝斯海又说了一遍。

卢索很着急，因为这关系到自己的前途。

这时，屋里面传来了二儿子马勒巴朗士、小儿子罗塞，以及他们母亲海梅琳的声音。他们一齐说道：“实在是办不到了！”

卢索仍不放弃，继续追问：“为什么？这是为什么呀？”

这时，远远地，仿佛是从天边传来了列那的声音——

“因为我已经死了。卢索呀，我已经不在这个世界上了，不能再见到你了，我也很痛心哪！我也不能再和你一起进宫陪狮王了。

请你转告狮王吧，虽然这很遗憾，但是又有什么办法呢？

“我最放心不下的就是狮王，我会永远将狮王放在心上，永远记得狮王的。请你务必替我转告狮王。我的遗骨就埋在门外，你可以叫贝斯海把我的坟墓指给你看。我的家人把我的坟墓造得很好。我死而无憾了。

“对不起，让你白跑了一趟，我很难过让你失望了。可是，我希望你能理解我呀！

“永别了，卢索。永别了，陛下。”

卢索垂头丧气，同贝斯海一起走到门外。他果然看见一块大理石的墓碑，上面刻着已故者的名字：列那。墓碑上还刻着几句铭文，词句里充满了海梅琳和孩子们对亲人的怀念。

卢索只好伤感地返回王宫。

狮王听到这个消息，悲恸欲绝。他下令为列那举行最隆重的葬礼，整个王朝都深深地悼念忠臣列那。

列那已“辞世”，不再于宫中露面，其故事也就告一段落了。可是，有关列那的事迹却在民间越传越神奇。

阅读与感悟

狮王派使者卢索去请列那回宫，没想到列那竟然“辞世”了。“辞世”后的列那仍“风光无限”，整个动物王国都被列那耍得团团转。狡猾的列那真的离世了吗？他这次是不是又在耍花招呢？谁都不知道。

我的读后感

读《列那狐的故事》有感

在看这本书之前，我从未见过哪本童话能把各种动物的性格特点描写得如此有趣。让我们一起来看看吧。

列那是个诡计多端的家伙，他用坑、蒙、拐、骗、偷等手段对待他人，唯独对妻子和孩子例外。对于贪婪的舅舅叶森格仑，列那用计谋戏耍他；面对前来捉拿他的使者，他利用对方弱点，引诱其进入陷阱；在动物们的控诉面前，他毫无惧色，巧舌如簧。最后，他利用狮王的多疑和贪婪，迫害指控他的大臣，从而平步青云，成为狮王最宠信的大臣。

读完这本书，列那给我留下的印象最深刻。他善用计谋，勇气可嘉。在面对大臣们的指控，将要被处死的时候，他临危不乱，冷静地思考解决困难的方法，最终死里逃生。可是，列那用自己的小聪明戏耍舅舅，让他差点儿没命，还咬死公鸡向特格雷家族的许多成员，这又让我十分愤怒。列那真是一只狡猾的狐狸！

这本书把各种动物的性格刻画得十分生动，不仅富有个性，也非常具有讽刺意味。比如，列那重获狮王的宠信，回到宫廷之后，原先被列那捉弄得很惨，和列那有仇的雄狼叶森格仑见谁都炫耀：“你们知道吗？列那可是我的好外甥！”又如，公羊倍令之前被列那利用并栽赃过，但他对列那也表示了热烈的欢迎。他们表现出的感情之热烈，让别人都以为列那是他们最知心的朋友。还有很多动物，他们都吃过列那的亏，但他们也都表示出了喜悦。这些场面让我深思。明明他们都与列那有仇，然而当列那重获宠信后，却纷纷见风使舵，展现出虚伪的热情。他们的这种行为实在可笑，不值得我们效仿。

放下书，我思绪万千：列那之所以能用花言巧语欺骗那么多动物，是因为许多动物都怀有私心，生性贪婪。我们不应该像他们一样被贪欲蒙蔽，因为贪婪之人难以收获真挚的友谊。此外，我认为人与人之间的交往应该多些真诚，少些算计，多为他人着想，如此才能寻觅到真正的朋友。

扫码跟随"AI故事精灵"
叩开
童话秘境之门
AI故事
小精灵
24小时在线互动
解答你的一切疑惑
文化
奇妙屋
享受视听盛宴
让经典活起来
阅读
百宝箱
掌握阅读技巧
提升读写能力
灵感
魔法屋
AI故事改写
激发无限想象力